TO

お衣装係の推し事浪漫
〜舞台裏の兄弟騒動〜

沙川りさ

TO文庫

目次

Contents

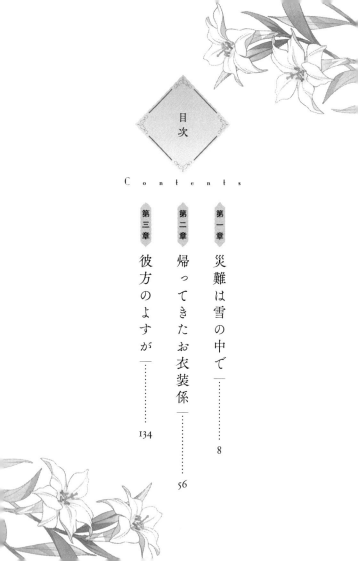

お衣装係の推し事浪漫　～舞台裏の兄弟騒動～

宗二郎《そうじろう》にとって、二つ歳上の兄は道標《みちしるべ》そのものだった。

あの頃父の口癖だったのは、出来の悪い次男である自分を追い詰める言葉の数々だ。

もしかしたら、父のほうには責めているつもりなど毛頭なかったのかもしれないけれど。

父だって兄と同じ、生まれ持った側の人間だから。だから持たざる側の人間の気持ちなんてこれっぽっちも想像できなかった、ただ単にそれだけのことだったのかも。

――誠一郎《せいいちろう》がお前の歳の頃には、こんなもの易々とできていた。

――誠一郎ならば一度教えれば完璧にこなせる。

――誠一郎はこの程度のことに、お前のように苦労しなかった。

――誠一郎は。

――誠一郎は。

(兄さんは、僕とは違う人間なんだ)

神童の弟もまた神童であるという可能性は、限りなく低い。

宗二郎は誰かに言われるまでもなく、自分が凡人であると理解していた。確かに同い年の他の子たちよりはちょっと芸事が上手くて、ちょっと環境に恵まれている。だが、それだけだ。

(僕は、兄さんのようにはなれない)

しかしその言葉の真意は、他者が思うものとは恐らく大きく乖離している。

宗二郎は、兄のようになりたいと思ったことなど、生まれてこのかたただの一度もないのだ。

圧倒的な実力差のある兄と、生まれた時から比べられて育った。そんな彼にとって、兄は超えるべき壁などではないのである。それどころか目指すべき目標ですらない。

自分の一番傍に、自分よりも遙かに輝く人間のいることの――その陰に隠れて輝きを一番近くで享受することの、何と心地好いことか。

誰もが百年に一度の逸材だと褒めそやすその少年は、この自分の兄なのだ、という優越感。

そして――家に関わる面倒なことはすべて才能溢れる兄が一手に引き受けるのが誰から見ても当たり前で、兄よりも劣る自分はその陰に隠れ息を潜めてやり過すのが当然なのだという、歪な安堵感。

「気にするな、宗二郎。何度も練習すれば、お前ならすぐにできるようになる」

稽古場で座り込む自分を、兄はいつもそんなふうに慰めてくれた。

（……わかってないな、兄さんは）

何度も練習をすれば誰だってできるようになる。それでできるようにならない者が落伍者であるというだけで。

父は宗二郎が、何度も練習しなければできるようにならない凡人であることにこそ憤り、苛立っているのに。

だが、それでいい。誠一郎のように秀でた人間は、凡人がいかなるものかなんて理解する必要もないのだから。

兄さん、と宗二郎は甘えた声を出す。

「兄さんが稽古をつけてよ。次の父さんの稽古で怒られなくてすむように。お願い」

すると誠一郎はふっと笑った。

兄は、優しい。それに自分にはとても甘いのだ。

「仕方ないな。来い」

憧れる人が傍にいてくれて、その背中で、自分が進むべき道を示してくれる。

自分はただその後をついていけばいいのだ。そうすれば、ずっと兄の傍にいられるはず。

努力はする。兄の傍から振り落とされてしまわない程度の力は必要だから。そのための努力ならば惜しくはない。

（父さんの跡を継いで兄さんが時村《ときむら》の当主になったら――）

そうしたら自分はずっと、この名門時村家の当主が一番信頼する右腕として、輝ける生涯を生きていけるのだ。

兄の、一番傍で。


そんな幸せな日々がずっと続くと思っていた。信じて疑っていなかった。

――あの日、兄が自分を置いて家を出ていくまでは。

＊＊＊

時村宗二郎青年は、手にしていた新聞を文机の上に放った。

一面には、新帝國劇場の大スタアである月城蓮治《つきしろれんじ》が主演を務める公演の幕がついに開いた、と大きく報じられている。今回の公演は英吉利《イギリス》から客演を招いてのもので、制作発表の時から国内外の演劇ファンからの注目度がとても高かった、と。

お堅い報道というよりも、大衆受けを狙った大袈裟な物言いをすることで有名な記者が担当しているその記事は、大スタア月城蓮治の私生活にも触れていた。

曰く、此度の公演が無事に幕開きへと漕ぎ着けられたのは、公私ともに月城蓮治の伴侶として彼を支える夫人の手柄によるところも大きい、と。

誌面は、その夫人がいかに此度の公演のために駆けずり回ったのかを事細かに解説している。その、嘘か真かわからない話には、宗二郎は目も通していない。

窓の外を見やる。

幼い頃から変わらない景色。――自分を閉じ込める箱庭の景色。

家に縛られる一生だったとしても、兄が傍にいてくれたら何も苦ではなかったのに。

「……小野寺紬《おのでらつむぎ》、か」

呟いたその名前は、箱庭の空中へと霧散していくのみだった。

第一章　災難は雪の中で

紬はハンドルを握り締めたまま、目閉じ、大きく息を吸った。

吐き出す息が緊張で震える。

（大丈夫、大丈夫——あんなに練習したじゃないの）

血の滲む訓練の日々を乗り越え、ようやく運転免許を取得したのだ。

恐怖で唇を噛み締め血を滲ませていたのは、運転を教えてくれた教官のほうだった気もするが。

紬が乗る車から少し離れたところで、蓮治が固唾を呑んで見守っている。そちらに微笑みかけたりする余裕など一切なく、紬はただ目の前の道に集中する。

（落ち着くのよ、紬。アクセルを踏んで通りに出て、家の周りを一周してまた戻ってくる。たったそれだけのことじゃないの、絶対に大丈夫）

紬はもう一度大きく深呼吸すると、意を決し、ブレーキを踏んでいた足を離した。

（いや。やっぱりちょっと待って。一回仕切り直しましょ、一回）

誰にともなく内心早口で捲し立て、紬はもう一度ブレーキを強く踏んだ。

と、思っていた。

しかし実際には車体は、ぐんっ、と紬自身が置いていかれそうなほどの勢いで急発進したのだ。

「……え？」

一瞬で頭が真っ白になる。目の前には物凄い勢いで、時村邸の敷地と通りとを隔てる街路樹と花壇が迫ってくる。

「え？　え？　ブレーキ踏んでるのになんで――」

「おい、何をしている⁉　速すぎる、一旦ブレーキを踏め！」

窓の外から蓮治の慌てた声が聞こえてきたが、大混乱に見舞われている真っ最中の紬の耳にその言葉が届くことはなく。

紬は思い切りアクセルを踏み込んだまま、為す術なく花壇に突っ込んだのだった。


「――免許剥奪ぅ⁉」

居間の床に正座させられたまま、紬は素っ頓狂な声を上げた。

目の前には、今をときめく新帝國劇場の大スタアにして紬の推し俳優・月城蓮治こと、愛しの旦那様である時村誠一郎が、腕組みをして仁王立ちし、据わった眼差しでこちらを見下ろしている。

（時価数万円とも言われる蓮治様の冷たい眼差しで見下ろされるなんて何たる僥倖……！）

内なるファン紬が頭の中で大騒ぎするのを何とか押さえつける。そんなことよりも聞き捨てならないことを聞いてしまったからだ。

思わず立ち上がりかけたのを堪え、問い返す。

「どうして!?　せっかく苦労して取った運転免許なのに！」

「どうして、だと？」

蓮治は半眼のまま窓の外を見た。通りへと出る前庭があるほうだ。そこには駐車できる十分な空間があり、紬の専用車となるはずだった自動車が停まっている。

ただしその前面が思い切り凹んでいるが。

しかし蓮治が目顔で示したのはその車ではない。もっと先だ。

そこには、見るも無残な粉々の姿になった、煉瓦の花壇だったものの残骸があった。

「うちの前の通りは私道で、管理者はうちの大家だ」

紬の脳裏に先ほどまでの、うんざりした顔でどこかに電話を掛けたり、飛んできたどこその職員から立ち合い見分を受けていた蓮治の姿が駆け巡る。

花壇を粉々に破壊してしまった犯人である当の紬があまりにも狼狽していて、まともに話せた状態ではなかったからだ。

「壊してしまったものは修理費を全額弁償することで話がついた。それはいい」

だが、と蓮治の声が一段低くなり、紬は思わず背筋を正す。

「俺の運転手としては安全面に著しく難ありと判断し、それを劇場に報告した。近いうちに劇場から正式に、業務での運転禁止の命令が下るだろう。勤務中、免許証は劇場に預けることになる」

「な、な、ななな……」

紬はわなわなと震えながら窓の外をびしりと指差す。

「花壇で済んだんだからいいじゃないのよ！」

「お前、人を轢くまでアクセルとブレーキを踏み間違え続けるつもりか？」

冷たい声音で言い放たれ、ぐっと言葉を詰まらせる。

けれど蓮治の言う通りだ。今回は物損事故で済んだけれど、今後もし誰かを傷つけてしまったり、それ以上の取り返しのつかない事態を引き起こしてしまったら。

しかもそれが、大切な蓮治その人を車に載せている間の出来事だったら。

それ以上言い返せる言葉を持たず、紬は俯いた。厳しい運転練習の日々が頭に浮かんでは消えていく。

「誠一郎さんの役に立つために、あんなにがんばったのに……」

月城蓮治のマネージャーとして働くにあたって、車を運転できないというのは思った以上に大きな制約だった。今までは都度運転手付きの車を手配したりと経費の力でもって何とかしてきたが、それだといざというときの小回りが利かないのだ。月城蓮治という役者に今以上に舞台に集中できる環境を提供するためには、専用の運転手を雇うか、さもなくば前マネージャーの竹田のように紬自身が運転手を兼ねるかという選択が必要不可欠だった。

そしてその後者のほうがあと一歩で叶うというところまで来ていたのに。

それを一瞬で台無しにしてしまった自分自身に、今さらながらに腹が立つ。

すると蓮治が紬の前に膝をついた。涙の滲む紬の目もとを、その細く長い指で拭ってくれる。

「お前の気持ちは、ありがたく思う。激務の合間を縫って免許取得のためにがんばってくれたことも。……心から、感謝している」

「誠一郎さん……」

愛する人からの温かい労いの言葉に、紬の胸が熱くなる。

蓮治はそのまま紬の頬を撫でるように指を滑らせると、むぎゅっと抓った。

「だがそれとこれとは話が別だ。お前は金輪際、運転を禁止する」

「誠一郎さん⁉」

思わず喚くと、今度は反対側の頬も抓られてしまう。

「俺は事故死するのはごめんだ」

「ほんひゃへひはあわへにゃいわよ、ひちゅへいひゃ」

そんな目には遭わせないわよ失礼な、と喚く口を、今度は頬を両側から挟むようにして止められた。

蓮治はほんの少し、紬の目から視線を逸らす。

「……お前が怪我をしたり危ない目に遭ったりするのは、もっと嫌だ」

だから、もう運転するな。

この至近距離でないと聞き逃してしまいそうなほど小さな声でそう呟かれて、紬は目を瞬かせる。

そして蓮治の両手の甲の上から自分の手を重ね、微笑んでみせた。

「……わかりました。誠一郎さんの言う通りにするわ。私だって、あなたが悲しむ顔を見るのは嫌だもの。意固地になってごめんなさい」

でも、と紬はひとつ溜息を吐いた。

自分の運転技術が当てにならなくなってしまった以上、問題は最初の時点に逆戻りなのだ。

紬は遠い目で、自分が粉砕した煉瓦の花壇のほうを見やった。

「……運転手、どうしようかしらね……」

＊＊＊

帝都の華たる新帝國劇場――通称『新帝劇』は、皇居日比谷濠《ぼり》の真ん中に聳《そび》える、国内最大規模の洋式劇場だ。

竣工《しゅんこう》からまだ二年足らずという真新しい劇場だが、その歴史は波乱に満ちている。

明治の終わりに現在の新帝劇の前身、いや前々身となる『日比谷唱歌隊』が発足した。

その六年後には日比谷の一等地で専用劇場『大帝國劇場』が建てられるほどに成長するも、大震災による焼失という未曾有《みぞう》の危機に直面した。しかし復興景気の波に乗り、見事試練を乗り越えた今は、帝国を代表する芸術劇場であり、ハイカラな紳士淑女の社交場だ。今日もそのフランス・ルネサンス様式の白煉瓦《しろれんが》の城には、帝国中の演劇ファンが集っている。

先頃行われた、英吉利の歌手と踊り手《ダンサー》を招致した公演が大成功を収めたことにより、新帝劇への注目は国内からのみならず、今や海外の演劇ファンからも注がれることになった。

否——正確には、公演成功の立役者であり、新帝劇を、いや帝国を代表する花形役者である月城蓮治その人にこそ、熱い眼差しは注がれているのだ。

その月城蓮治の衣装係見習いとして新帝國劇場へ入社し、紆余曲折あって今は彼の専属マネージャーとして働いている小野寺紬は、海より深い溜息を吐いた。

ちなみに少し前に蓮治と結婚したため時村紬と姓を改めたが、職場では旧姓のままのほうが何かと楽なので、劇場内で名乗ったり呼ばれたりするときは小野寺姓のままである。

（運転手問題、一体どうしたもんかしら……）

此度の公演期間はさほど短時間に大移動をしなければならない仕事もなかったから、運転手なしでも何とかなったが、今回はあくまで稀な例だ。いつもなら公演期間中であってもお構いなしに、今日はあっちの新聞社で取材、明日はこっちのホテルのラウンジで協賛企業の社長の接待、ということも珍しくないのである。

公演最終日《千秋楽》を迎えたら、できるだけ急いで運転手を確保しておきたい。

というのも、通常であれば公演期間が終われば三週間から一ヶ月ほどの休暇期間に入るのだが、今回はその休暇ではなく、地方への巡業公演という変則的な公演予定が次に控えているのだ。地方ともなれば帝都ほど公共交通機関を頼ることもできないだろう。叶うならば数日中にも面接、そして地方公演の期間の業務をそのまま、実務を本番さながらにこなしてもらう試用期間とするのが理想だ。そうして新帝劇での次回公演には正式採用まで漕ぎ着けることができれば万々歳である。

（それができたら苦労しないのよねぇ……）

紬が運転免許を取得するかしないかという話になった際、当然、並行して専属運転手の募集を掛けてはいた。スタアの傍で働くのだから給金は無論悪くはない。確かに激務ではあるが、前マネージャーの竹田がしていた業務を紬と二人で分け合うのだと思えば、泣き言を言うほどのことでもあるまい。業務の重さの割合は圧倒的に紬のほうが多いのだから。

それでも未だに専属運転手が見つかっていないのは、単純に、応募がほぼ零《ゼロ》だったからだ。

運転手を募集するにあたっては、公開で広く応募者を募ったわけではなく、業界関係者に絞って内々に募集を掛けていた。これは面接の前に、ある程度候補者を信用できる者のみに絞るためである。しかしそれでも普通ならば、条件のいい求人には応募が殺到するものだ。そうならなかったのは偏《ひとえ》に、「月城蓮治の前任の付き人は精神的な消耗が原因で辞めたらしい」という噂がまことしやかに立ってしまっていたからだった。

業界関係者ということは、すなわち舞台裏や稽古場での蓮治の振る舞いをよく知る者たちが多いということだ。身近に蓮治の運転手に応募しようかなと検討している者がいたら、身内の情として一旦止めるというのは致し方ないことだろう。紬とて、本当の蓮治を知る前ならば間違いなくそうしていた自信がある。

稀にそんな濾《こ》し器をすり抜けた者が面接に来たこともないではなかったが、そういう者たちは決まって蓮治本人との質疑応答で漏れなく脱落していった。

地獄で閻魔《えんま》様に生前の罪を尋問されるってこんな感じかしら、と傍で聞いている紬ですら思うほどだったから、これも致し方ないと思う。

とにかくそんなわけで、今に至るも専属運転手は一向に見つからず、紬は日々頭を悩ませているのだった。

今、蓮治の楽屋には紬と蓮治の二人きりだ。千秋楽も近いので、当日の帰り道に荷物が膨大にならないよう、持ち帰れる荷物は今のうちから少しずつ持ち帰ろうと片付けている最中である。いつもならば楽屋に置きっぱなしにできるような物でも、今回は地方公演へ持っていくために一旦すべて持ち帰る必要があるのだ。

ちなみにその地方公演で上演するのは、今新帝劇で上演しているものと同じ演目である。

その片付けの手がさっきからずっと止まっているのを見咎《みとが》めてか、鏡台の周りを片付けていた蓮治がこちらを向いた。

「さっきから溜息ばかり吐いてどうしたんだ？」

紬はじっとりと蓮治を見返す。

「誰かさんの運転手が見つからなさすぎて頭が痛いんです」

結婚してからしばらく経つが、頭の中が職業婦人状態のときの紬は蓮治のことは本名ではなく芸名呼びで、言葉遣いも敬語のままだ。

ともあれ蓮治は片付けの手を止め、畳の上を膝立ちでこちらに歩み寄ってくる。

「だから、俺が自分で運転すると――」

「帝国の至宝からはあらゆる危険を遠ざけて然るべきです」

「おい。俺の運転が下手みたいな言い方はやめろ。やってみないとわからないだろ」

「そもそも免許を取る時間がどこにあるって言うんですか。貴重な休暇は体を休めたり自己研鑽《けんさん》に費やさないといけないのに」

蓮治は新帝劇の看板俳優だから、形式上は休暇とされる期間であっても、単発の仕事がぽんぽんと入ってくるのだ。ただでさえ名ばかりの休暇を、これ以上他のことで煩わせるわけにはいかない。

とはいえ頭の中ではいくら妄想するのも自由である。

(車を運転する蓮治様……！　蓮治様の尊い記録に新たな一枚が追加されたわ！)

かっこよくハンドルを捌《さば》く蓮治の横顔を隣でうっとりと見つめる自分を想像して身悶えていると、当の蓮治はもそもそと紬の背後に近寄ってきた。そのまま紬の背中から覆い被さってきて、頭に顎まで載せてくる。

あれほど舞台上では相手役の女優と官能的な恋の場面を巧みに演じる蓮治なのに、自分から触れ合ってくるときにはなぜか色気という色気をすべて排除した、親分子分の関係のような格好になってしまうのだった。

それは結婚前から続いている紬のもう一つのお役目——枕係によるものかもしれないが。枕係というより、厳密には慢性的な不眠に悩む蓮治の寝かしつけ係と言ったほうが正しいか。

文字通り以上の意味を持たないそれは、最初のうちこそ初心な乙女だった紬は赤くなったり動転したりと大騒ぎだったが、今ではすっかり板についてしまっている。喜ばしいやらちょっと悲しいやら、乙女としては複雑な気分である。

胸中で腕組みをしながら、実際には蓮治の頰に自分の頰をすり寄せ、彼の頭を撫でてやる。蓮治はされるがままになりながら、憮然と呟いた。

「運転手なんか雇ったら、邪魔な人間が一人増えるじゃないか。せっかくお前と二人きりでいられる時間だってのに」

その言葉に思わずきゅんとしてしまう——が、ぶんぶんと首を横に振る。ここで情に絆《ほだ》されるわけにはいかない。

そもそも何だかんだで仕事第一の蓮治だ。まさかそれが本当に運転手雇用を拒む理由ではあるまい。確かに蓮治による面接は地獄の圧迫面接もかくやというほどではあったが、紬から見ても、あれすらも乗り越えられない者には劇場でのいかなる裏方仕事も無理だ。

それほどまでに劇場内の仕事は、華やかに見えてもその分過酷なのである。

その証拠に蓮治は深く嘆息《たんそく》し、続けた。

「もし次に応募があったら、面接は劇場の運営に任せてひとまず試用まで行ってみるか……」

紬は思わずくすりと笑った。

いい舞台を作り届けることを優先順位の第一位に置く、その姿勢が揺るがない蓮治も、その中にほんの一滴の我儘《わがまま》を滲ませてはすぐに真意を隠そうとする蓮治も、どんな蓮治も紬は大好きだ。

「そうですね。ひょっとしたら、実際の業務を経てみたら相性がよかった、なんてこともあるかもしれませんし」

それは些《いささ》か能天気なほど前向きすぎる展望ではあったが、そう思い込むことで、本当に何とかなるかもという気もしている。

そうして二人は再び楽屋の片付けに取り掛かるのだった。


公演が無事に千秋楽を迎え、地方公演への準備のためのごく短い休暇に入った二日後。

乃木坂にある時村邸に、劇場から吉報が届いた。

「――え？　もう決まったんですか？　運転手さんが？」

玄関に設置された電話を取った紬は素っ頓狂な声を上げ、傍にいた蓮治と顔を見合わせる。

蓮治当人の圧迫面接がなければ採用は円滑に進むだろうと思ってはいたが、まさかここまで早いとは。

「やっぱり普段から採用を担当してる部署に対応をお願いして正解だったわね」

電話を切った後、紬は声を弾ませた。ようやく最近頭をずっと悩ませていたことが解決して、胸のつかえがすっきりと下りた気分だ。

「近々新しい運転手さんと顔合わせの席を設けたいって。日程は私が決めちゃって大丈夫よね？」

「ああ」

頷きつつ、蓮治は紬の手もとを覗き込んでくる。電話をしながら手帳に内容を書き留めていたのだ。

「佐倉千春《さくらちはる》」

「ええ。それが採用された方のお名前ですって。かっこいいわよね、女性の運転手だなんて。てっきり男性が採用されると思ってたから、女性のお名前で驚いちゃった」

しかも、と紬は手帳に書き留めた、二十という数字を指差す。

「なんと私と同い年なのよ。もし年配の方だったら遠慮しちゃってやりづらいかもと思ってたからホッとしちゃった。仲良くなれるといいな」

新しい出会いというのは何度味わってもわくわくするものだ。

紬が蓮治に笑いかけると、蓮治も口の端に小さく笑みを浮かべた。紬は首を傾げる。

「なんだか楽しそうね、誠一郎さん」

「お前が楽しそうだからな」

そう言って蓮治は紬の頭をぐりぐりと撫でてくれる。

擽《くすぐ》ったくも嬉しい気持ちを堪えきれず、紬はその心地好さに身を任せる。

（一時はどうなることかと思ったけど、何もかもうまくいきそうだわ。よかったよかった）

そんな気楽なことを考えながら、紬は手帳を抱きしめた。

――楽観的な見通しのときには、決まって予想外の何かが起こるのだということを、すっかり失念したまま。


紬はその後、軽い足取りで玄関を出て郵便受けへと向かった。朝の郵便を取りに行こうとしていたときにちょうど電話が鳴ったのだ。

届いていたいくつかの郵便物を検めながら、紬はふと思う。

（……やっぱり今朝も届いてない）

小さく溜息を吐く。便りがあることを確信しているわけではないが、届いていなければいないで、ほのかな期待が外れて少し落胆してしまう。

（やっぱりこの間の公演は観に来てもらえていなかったのかしら。……って、だめだめ。一度でも観に来てくれたことに感謝しないとね）

首をぶんぶんと横に振り、紬は郵便物を持って家に戻る。

――時村宗二郎。

十七歳で家出して以来、新帝劇で第一線を走り続けている蓮治に代わり、能の名門である時村家を継いだ、蓮治の二歳下の実弟。

長らく不仲だったというその人から蓮治に便りがあったのは、英吉利からの客演を招いての公演が終わった後だ。宗二郎氏は公演を観に来てくれていて、好意的な感想をしたためた手紙を送ってきてくれたのだった。

どうしたって根が楽天的な紬は、そのまま順調に兄弟の距離がかつてのように縮まるのではないかと漠然と考えていた。ひょっとしたら宗二郎氏がうちまで訪ねてきてくれて、兄弟仲睦まじく食事でもできるかも、と。

しかしあれ以来、宗二郎氏からの便りはない。それどころか、蓮治が返事を出した形跡もないのだ。

（忙しいなら、言ってくれれば代筆するのに）

華族を源流に持つ家の出である父の教育のお陰で、字のきれいさには紬も少々自信がある。手先を使うことは基本的に得意だ。

とはいえ蓮治も紬と同等かそれ以上に字がきれいなのだが。

（運転手問題が解決したら、誠一郎さんに言ってみようかしら。弟さんにお返事を書いたらどうかしらって）

手紙の存在を蓮治が忘れているとは思えない。というより、彼は頭の片隅でいつも弟のことを気に掛けているはずなのだ。

紬はそう思うのには勿論、明確な理由がある。

蓮治本人が気付いているかはわからないが、彼は時折ふと思い出したように弟のことを口にするのだ。それも決まって、遠い記憶を愛おしむような柔和な眼差しで。


居間に戻るとそこに蓮治の姿はなく、台所のほうから焼き菓子のいい匂いがした。蓮治がカステラを炙《あぶ》っている甘く香ばしい匂いだ。紬が炙ったカステラにほんの少しの牛乳を垂らすという食べ方を伝授して以来、すっかりはまってしまったらしい蓮治は、事あるごとにこうしてカステラを網で炙るのだ。幸いカステラは楽屋に大量に届く差し入れの代表格なので、一生困らないのではないかと思うほど家に山積みである。

そういえば、と紬は思い出す。

初めてその食べ方を教えたときも、蓮治は目もとを柔らかく緩め、ぽつりと呟いたのだ。「宗二郎も甘いものが好きだった」と。蓮治本人は成長とともに甘味をさほど積極的には食べなくなったこともあり、自分の分もよく弟にあげていたのだそうだ。あいつが嬉しそうに笑うから、と懐かしむその顔は、どこから見ても愛情深い兄そのものだった。蓮治本人は否定するかもしれないが。

しかし今は手紙よりもまずは目の前の課題に向き合うべきだ。運転手が採用された以上、三者で顔合わせをしたり仕事を教えたりとやることは山積みなのだから。

それでも紬は何だか気が抜けて、思わず吹き出した。そして台所のほうへ駆けて行く。

「誠一郎さんったら。あんまり食べると、朝食が入らなくなっちゃうわよー！」

口ではそう言いつつも、カステラをおいしそうに頰張る蓮治を止めることなどできっこないのだけれど。

いつかは弟さんにも炙りカステラでおもてなしできたらいいな、と紬はこっそり微笑むのだった。

＊＊＊

翌々日、紬と蓮治は連れ立って新帝國劇場へ向かった。件の運転手との顔合わせのためだ。

約束の時間まではまだ少々余裕がある。紬は業務上の雑務があったため、蓮治にはその間、休憩室で茶でも飲んでいてもらうことにした。

紬は一人で階上の資料室に寄り、書類の山を抱えて階下の事務室へと向かう。マネージャー業を始めてから公演ごとに必要な雑多な業務が、衣装係見習いだった頃より何倍も増えたが、公演を重ねるごとに効率的にこなす方法もわかってきた。こうして休暇期間中にできる作業を少しでも消化しておくというのもその一つだ。

書類の山で足もとが見えない状態のまま、勘で階段を降りていく。ふと、前に最後の一段を踏み外して転びかけたとき、英吉利人歌手のマイケル氏が助けてくれたなと思い出す。

（今日は気をつけないとね。休暇中だから誰にも助けてもらえないし――っとと）

頭の中でそんなことを考えた矢先に、階段の半ばほどで膝がかくんと緩んだ。一瞬、頭の中が真っ白になる。直後、急激な落下感に襲われて、紬は思わず腕の中の書類の山にしがみついた。無論、書類も紬と一緒に落下しているのでまったく意味はない。

嘘でしょ、と紬は思わず悲鳴を上げた。

（最後の一段ですらない！）

目をぎゅっと瞑り、落下の衝撃に備える。

が、階段の角か床かに叩きつけられると思ったのも束の間、紬は何か別の感触のものに激突した。

というより、何かがふわりと自分を受け止めてくれたような感覚だ。

「うおっ⁉」

驚いたような声はほぼ同時に間近から聞こえてきた。

知らない声だ。目を開けて顔を上げてみると、やはり知らない顔がそこにある。

紬と同年代ぐらいに見える青年だ。目に掛かるほどの長さの前髪の間から、見開かれた丸い目がこちらを見つめている。

「だ、大丈夫か？」

青年は慌てたようにそう言って、紬を受け止めてくれていた手をぱっと離した。そして床に散らばった書類を拾ってくれる。

「あ――いいわよ、自分で拾うからそのままで」

慌てて制止するが、青年は手を止めない。

「そうはいかねぇだろ。そこで待ってろよ」

青年は書類を拾い集めると、紬が抱えている書類の山のてっぺんに載せてくれる。紬は思わず笑った。

「ありがとう。助けてくれただけでもとってもありがたいのに」

「いいってば。――よっ、と」

軽く答えて、青年は紬の手から書類の山を取った。それがあまりに自然な挙動だったので、紬はつい彼に書類の山を渡してしまう。

「どこに運べばいいんだ？」

「え？　そこの事務室に……、ってさすがにそれは申し訳ないわよ！　返してちょうだい、自分で運べるから」

「ものはついでだよ、気にすんなって」

言って青年はすたすたと歩き出してしまう。

何だか親しみやすいというか、押し付けがましくない善意をこちらに受け取らせることが巧い青年だ。お陰で何だかそれ以上遠慮することが却って申し訳ないような気がしてきてしまう。

青年の後について歩きながら、こんな社員が劇場内にいたかしらと思う。

役者だと言われても遜色ないほど顔の造作も整っているし、

(蓮治さんほどではないけどね)

手足も長く身長も高い。

(まぁそれも蓮治さんほどではないけど)

それでも紬はこの青年が何となく役者ではなく、出入りの業者か何かだろうなと判断した。立ち姿の姿勢や歩き方が、役者のそれとは違うからだ。紬自身は舞踊も何も習ったことはないけれど、この環境にある程度身を置いていれば、相手が舞踊の基礎を身につけている人かどうかの判別ぐらいはつくようになる。

青年は事務室まで書類を運び、紬の机の上に置いてくれた。

「ありがとう。すっごく助かったわ」

紬自身、一度に運ばずに二往復したほうがいい量だなと薄々感じていたのだが、横着をしてすべての書類を一度に運ぼうとしていたのだ。階段で足の力が抜けてしまったのも完全に自業自得である。

そんな事情を知らない青年は、人の好さそうな笑みを浮かべた。

「構わねぇよ。次から気を付けろよ」

そう言って、青年は退室していった。どことなく取っ付きにくそうな外見というか、蓮治とは違う近寄り難さのようなものがあるが——有り体に言えば、どことなく治安の悪そうな雰囲気を持っている人だなというのが正直な印象なのだが、それをすべてあの笑顔と人当たり、そして親切さが打ち消している感じがする。

（本当にありがとう。親切な彼に何かいいことがありますように……！）

紬は実に清々しい気持ちで、目の前の書類の山に向かうのだった。


雑務を少し処理した後、そろそろ約束の時間が近づいてきたので、紬は休憩室に蓮治を迎えに行った。いつもは何人かの社員が茶を飲んだり談話していたりと賑わっている場所なのだが、珍しく今は蓮治一人きりだった。

蓮治の姿を見た社員たちがそそくさと退室したり引き返したりしていたとは知らない紬である。

「運転手さん、どんな人なのかしら。いよいよ会えると思うとちょっと緊張してきちゃった」

「珍しいな、お前が緊張するなんて」

「だって誠一郎さんの命を預かってもらうにも等しい人なのよ。本当に大丈夫かしらって心配にもなるわよ」

「命って……怖いこと言うな、お前」

紬が起こした物損事故を思い出してか、蓮治が憮然とした表情で呻く。

そんなことを話しながら、顔合わせ場所である会議室へと向かう。

扉の前には今回の採用に携わった運営部署の社員が立っていて、もう新しい運転手が会議室の中で待っていると教えてくれた。逸る気持ちを抑えつつ、紬は精一杯の真面目くさった顔を作り、扉を開く。

「失礼しま――、……え？」

扉を開いた体勢のまま、紬は目をぱちくりと瞬かせる。

すると会議室の中、並べられた机と椅子のひとつに着いていた人影もまた、驚いたように立ち上がった。

「――あ。さっきの！」

その青年は紬を指差し、素っ頓狂な声を上げた。

そう。会議室の中にいたのは、さっき紬を階段で助けてくれた青年だったのだ。

青年――佐倉千春を見つめ、紬はわなわなと震える。

「……お……お……」

紬はとうとうがっくりと肩を落とした。

「女の子じゃなかったの……!?」

「あからさまにがっかりすんじゃねぇよ」

「だってぇ！　私が楽しみにしてた、職場で新しい同い年の女の子の友達を作ろう計画がぁぁ……！」

同期入社で同い年の詩子《うたこ》とは相変わらず親友同士だが、部署も違う上に紬が多忙になってしまった今は、以前のように仕事帰りに気軽に遊ぶということができなくなってしまったのだ。身近な同僚と新しく友達になれたら最高だな、と思っていたのに。

千春は頭をがしがしと掻いた。

「まぁ、名前で女だって思われるのは慣れてっけどよ……。つーかお前、採用担当者だったのか？　やっべ、すんません。言葉遣い」

「別にいいわよ。同い年だって聞いてるし、さっきは助けてくれたしね」

と、後ろから蓮治が紬のスカート・スーツの上着の裾を引いてくる。

「おい。出入り口でいつまで話に花を咲かせるつもりだ？」

「あ、ごめんなさい」

紬は半身をずらし、蓮治を会議室の中へと促す。

蓮治の顔を見た瞬間、千春の表情が緊張でぴりっと引き締まった。当たり前だが蓮治の顔は知っているのだろう。

扉を閉め、紬は改めて千春に向き直る。

「改めまして、この度は採用おめでとうございます。ご存知かとは思いますが、こちらが月城蓮治さんです」

「あ――佐倉千春っす！　これからよろしくお願いします！」

千春はがばっと直角に頭を下げる。何だか気難しい職人に挨拶する弟子のような雰囲気だ。

紬はほっと胸を撫で下ろした。同性の友達になれないのは残念だが、人柄の良さは身をもって実証済みだ。一緒に働くには申し分ない人物と言えるだろう。

自分より一歩前に出た蓮治の背中に、紬は言う。

「安心してください、蓮治さん。彼、さっき階段から落ちそうになった私を助けてくれて、荷物を事務室まで運んでくれたんですよ。優しくて親切な人です。人柄は私が保証します！」

「……なるほどな。そうか」

答える蓮治の声は、あれ、と紬が首を傾げてしまうほど低かった。呻き声と言っていい。

気を取り直し、紬は千春に向き直る。

「申し遅れましたが、私は蓮治さんのマネージャーの小野寺紬です」

え、と千春が目を見開いた。

「あんたマネージャーだったのかよ!?　……ですか!?」

紬は思わず吹き出してしまう。

「いいってば、言葉遣いはそのままで。同い年なら私もその方が楽だしね」

千春はほっとしたような顔をした。

「あんたのことはなんて呼べばいいんだ？　小野寺さん？」

「それでもいいし、別に紬でもいいわよ。同期からは男女問わずそう呼ばれることが多いの」

「だったら俺のことも千春でいいぜ」

「そう？　じゃあ千春くんって呼ぼうかしら」

思った以上の親しみやすさに、ついついすぐに打ち解け、話が弾んでしまう。

千春が紬に何か答えようと口を開きかけたそのとき、蓮治がずいと前に出てきた。紬を背中に隠すような格好だ。

蓮治は肩越しに紬を一瞥すると、千春に向き直る。

「仕事は今後マネージャー――家内から習ってもらう。試用期間中でも難ありだと俺が判断すれば即刻解雇だってことを忘れるな」

「れ、蓮治さん？」

紬は思わず慌ててしまう。仕事の関係者に対して、訊かれもしないうちに自分からわざわざ紬を配偶者だと紹介したことなんて今までなかったのに。

案の定、千春も目を瞬かせている。

紬は慌ててその場を取りなそうと、両手をぶんぶんと振る。

「は、はい！　私が不肖の妻です！　夫がこれからお世話になります！」

が、動転のあまり口からは訳のわからない言葉が飛び出てしまった。

千春は驚いたように紬と蓮治の顔を見比べている。

採用にあたって運営のほうから紬と蓮治の関係性については説明を受けているかもと思っていたし、そもそも蓮治が既婚者であるというのは新聞の一面を飾ったことだから周知の事実だと思っていたが、この様子だとその相手が現マネージャーであることまでは知らなかったようだ。

劇場側は紬の個人情報は守ってくれたようである。

当の蓮治がそれを今前面に押し出したわけだが。

とはいえ今日から一緒に働く仲間なのだ。自宅から劇場間の送迎をお願いする上でも、遅かれ早かれ伝えることにはなるのだから、流れで早めに伝えられてよかったかもしれない。

そう思って千春を見やると、彼はなぜか、さっきまでよりも猫背になって、目を細めて蓮治を見上げている。何だか不良が絡みにいく体勢みたいだなと一瞬思ってしまい、慌てて雑念を振り払う。いくらなんでも千春に失礼だ。確かに黙っていると蓮治とは違った意味で子どもが泣き出しそうな迫力があるけれど、どんなに治安が悪そうに見えても本当は人懐っこくて親切だということはもう知っているというのに。

「……へー。そうなんすか」

千春が蓮治を見上げて片方の口角を上げている。

（ほら、ちゃんと蓮治さんにも笑顔で接してるじゃないの。嫌ね、私ったら）

「それじゃ奥さんには手取り足取り教えてもらわないとっすね」

蓮治も氷の微笑みを美しく浮かべる。

「ぜひそうしてもらわないと困る。家内はこう見えて仕事には厳しいんだ。俺がお前を解雇するより先に家内から『新しい運転手は使えない』と判断されでもしたら、また面倒な採用のやり直しをする羽目になるからな」

家内家内と連呼されているのが気になりはするが、舞台上の彼以外でこんな玲瓏《れいろう》たる微笑みを見られる機会はそうない。脳内のファン紬が跪いて両手を合わせ天を仰ぎ涙を流した。

（蓮治さんの至高の微笑を引き出してくれるなんて……！　蓮治さんも千春くんの働きに期待しているみたいだし、思ったよりうまくやっていけそうだわ。ああよかった！）

男二人がばちばちと飛ばしあっている火花にはまったく気づくことなく、紬はこれから訪れる三人での日々に胸を躍らせるのだった。

＊＊＊

翌朝、さっそく千春の初仕事がやってきた。地方公演を控えている蓮治を劇場の稽古場へと送迎するのが新人運転手の初任務だ。

劇場から支給された社用車が、約束の時間の十分前に時村邸の敷地内へと入ってくる。その極めて繊細で円滑な運転技術に、玄関から見ていた紬は惚れ惚れした。

「千春くん、とっても運転上手よ」

玄関口で身支度を整えていた蓮治に報告すると、蓮治は姿見から目を離さずに答える。

「運転手として雇ったんだから当たり前だろ。下手だったら話にならない」

「それはそうだけど」

一体どうしたというのだろう。昨日顔合わせから帰ってきてからずっと、蓮治に千春の話題を振ると決まってつれない答えが返ってくるのだ。これから毎日顔を突き合わせて仕事をする相手なのだから、少しでも相手のことを知ったほうが早く距離が縮まると思うのに。

玄関から前庭に出ると、ちょうど千春も車から降りてくる。彼は紬を見とめてぱっと笑顔を浮かべた。

「おはよ、紬」

「おはよう。早いわね」

「おう、初日だからな。まずは月城さんの荷物を車に積めばいいんだっけ？」

「ええ、お願い」

てきぱきと玄関に向かう千春に、紬は早くも内心で感嘆した。これは今後の仕事ぶりも大いに期待できそうだ。

それに劇場まで男手がもうひとつあるというのは、単純に安心感が違う。蓮治の稽古や舞台本番に必要なものの大半は劇場に置きっぱなしだから、日々持参する荷物といえば洗い替えの手拭いや肌着、それに台本ぐらいなので、女手でもまったく問題ない上に、蓮治は紬に自分の荷物を持たせたことなど今まで一度もないけれど――もし何かがあったときに手助けしてくれる大人が一人増えるというのは、ただただ心強いものである。

玄関を覗き込むと、蓮治が上がり框《かまち》に仁王立ちになり、千春を出迎えていた。足もとには今日の分の荷物が入った鞄が置かれている。やけに嵩張《かさば》っている気がするが。

何となくそのまま見守っていると、蓮治は顎をしゃくった。「早く荷物を拾え」と言わんばかりの表情だ。傍から見ている分にはまさに板の上の帝王である。

紬からはちょうど見えないが、実は千春は蓮治を見上げて、やや好戦的にも見える笑みを浮かべていた。

「おはようございます。荷物これだけっすか」

「ああ。頼んだぞ。大切なものだからくれぐれも丁寧に扱えよ」

「そりゃもちろん――って重っ!?」

大きな鞄を持ち上げると同時、千春は思わず叫んだ。

一体何があったのかと紬が玄関を覗き込むと、千春が両腕に鞄を抱えてふらついている。

その鞄からは、なぜか石臼が覗《のぞ》いている。粉を挽《ひ》くための、正真正銘あの石臼だ。

千春は信じられないという顔で鞄を覗き込んでいる。

「はぁ!?　なんで石臼!?」

すると蓮治は腕組みをしてしれっと答えた。

「今度の地方公演の会場は新潟だろう」

要領を得ないその言葉に、紬も千春も揃って首を傾げる。

「新潟といえば米どころだ。食事はもちろん酒も美味いだろう。餅の菓子なんかも」

で、と蓮治は石臼を指差した。

「そんなことを考えてたらきな粉餅を食いたくなった」

「だからって劇場で大豆挽く看板俳優がどこにいるのよ⁉」

紬は思わず石臼をひっくり返しそうになった。

蓮治は当然とばかりに続ける。

「出来合いのきな粉で俺が満足できるわけないだろ」

「そりゃさぞかし舌は肥えてらっしゃるんでしょうけど、劇場はおやつを食べにいくところじゃないのよ⁉」

するとと蓮治は、何言ってるんだ当たり前だろ、という顔をした。

「人間なら昼飯は食うだろ」

「お昼にはごはんを食べなさい、ごはんを！　おやつじゃなくて！」

紬は眩暈を感じてこめかみを押さえた。以前に比べて紬のほうに耐性ができてきてはいるものの、蓮治はやはり依然として常識外れで、ことに生活力ときたら壊滅的だ。

「それにお前はひとつ勘違いしてるぞ」

蓮治は石臼を指していた指を、今度は千春に向ける。

「大豆を挽くのは俺じゃなくて、こいつだ」

「俺っすか⁉」

千春は大慌てである。当然だが。

紬はさっと二人の間に――というより蓮治と石臼との間に割って入った。

「蓮治さん、彼は運転手よ!?　帝都の職業人たるもの、役割分担はちゃんとしなきゃならないわ。そうでしょ？」

紬は蓮治をじっと見つめ、悲痛な面持ちで首を横に振った。

「この分だとあなたのために大豆を挽くのは……私、ということになるわ」

「……わかった。石臼は置いていく」

「わかってくれてありがとう。お昼をちゃんと食べたら、おやつに銀座の有名店のきな粉餅を手配するわね」

紬は微笑み、蓮治の頭を撫でる。蓮治は擽ったそうに片目を閉じ、されるがままになってくれている。

さてそろそろ出発を、と千春に向き直ると、彼は律儀に石臼入りの鞄を抱えたまま、顎が外れそうなほど口をあんぐりと開けてこちらを見ていた。

「……？　千春くん？　というわけだから、石臼は置いてっていいのよ？」

はっと我に返り、千春はわたわたと鞄から石臼を取り出して上がり框に置く。そして随分と軽くなった鞄を持ち直すと、ぎこちない挙動で車の方へと歩いていく。

千春が蓮治の傍を通り過ぎるとき、蓮治が勝ち誇った表情で千春を見ていたことにも、千春が悔しげに顔を顰《しか》めていたことにも、やはり紬は気づかないのだった。

＊＊＊

新潟公演の稽古は順調に進み、日毎に開幕が近づいてくる。

千春の、大スタアの専属運転手としての働きぶりは申し分ないものだった。彼はぱっと見の人相こそ確かに子どもが泣き出しそうなものではあるが、持ち前の人懐っこさと滲《にじ》み出る親切さで、みるみる劇場従業員たちの中に馴染んでいった。老若男女問わず誰にでも物怖じせず話しかけるし、困っている相手には押し付けがましくない範囲ですぐに手を差し伸べる。やはり見た目が手伝ってか、爽やかな好青年というよりはよく働く鳶《とび》の若い衆、という雰囲気なのは否めないが、今や彼は運転手の領分を超え、あちこちで助っ人のようなことまでしている。

「あら、今日は千春ちゃんはいないの？　高い棚にある荷物を取ってもらおうと思ったのに……」

こんな具合で高齢の女性社員が残念そうな顔をするのもいつものことだ。ちなみにこういうときは千春はいつも、運転手としての本来の職分を全う中である。車を走らせて使いっ走りに出ていたり、車を手入れしていたり。

時には荷下ろしを手伝って稽古場まで備品を運んでくれたりもするので、演出部からの評判もとてもいい。中でも演出助手の豊崎利人《とよさきりひと》とは歳も近いためか、早い段階で打ち解けていたようだ。利人の姉真里乃《まりの》からの差し入れの羊羹をお裾分けされた千春が「豊崎の姉ちゃん、すんげぇいい人じゃん」と褒め、それを受けた利人が「佐倉くんがもらってくれるとありがたいんだけどな」と、生真面目な彼には珍しく冗談を言っていたほどである。

　また、千春は父親ほどの年齢の男性陣からの受けも非常にいいようで、よく飲みに誘われたり、食べ物を差し入れにもらったりしているのを見かける。

「佐倉くん。ちょうどいいところに」

　今日も千春は劇場内を三人で移動中、年嵩《としかさ》の男性社員に呼び止められ、紬たちに目顔で断ってからそちらへ向かっていった。

　男性社員は握り飯の包みを差し出してくる。

「スタア様のお付きってのは腹が減るだろう。これを食べなさい。女房が握ったんだ」

「えっ、いいんすか？」

　千春は目を輝かせる。大型犬のような長い尻尾が揺れているのが見えるようだ。

　男性社員はそんな彼に目尻を下げる。

「今どき感心な若者が入ってきたんだと女房に話したら、美味しいものを食べさせてやりたいと言うんでね。遠慮なく食べるといい」

「あざまっす！　いただきます！」

　千春は嬉しそうに直角に頭を下げている。他人からの厚意をあして素直に受け取るのも千春の美点のひとつだろう。

　見習わなければならないな、と内心で思いつつ、紬は隣で難しい顔をしている蓮治を見上げる。

「私もおにぎりでも握って、蓮治さんに預けたほうがいいかしら？　感心な若者に渡してちょうだいって」

「勘弁してくれ」

くしゃりと髪をかき混ぜるように頭を撫でられてしまった。乱れた前髪を両手で直しつつ、紬はとうとう、蓮治の態度が持つ違和感に気づいてしまう。

（蓮治さん、もしかして千春くんに――）

……ただし時に盲目的に蓮治を崇拝してしまう紬の目を通しているので、その気づきは大いに偏ってしまっているのだが。

（――いまだに人見知りしてるのかしら⁉　ああ、上野の博物館にまだ飾られていないのが不思議なくらいの可愛さだわ……！）

――とまぁそんな調子で、紬たち三人の関係性は、初対面の日からまったく変化もなければ進歩もないのだった。

そんな中、地方公演現地での公演準備のため、蓮治が新潟へと移動する日がやってきた。新潟までは長距離なので、移動手段は鉄道だ。現地に到着したらそこですでに手配済みの車を千春が運転することになっている。

此度の新潟公演は、帝都の新帝劇での通常公演よりも短い日程で行われる。これは今回に限った話ではなく、どの地方巡業でも同じだ。

上演演目自体も、基本は新帝劇で上演されたものと同じなのだが、新帝劇よりも小さい会場に合わせて規模を縮小するため、上演時間も通常より少し短くなる。使用できる大道具の規模なども限られるし、持ち劇場である新帝劇と違って会場の使用可能時間も厳しく定められているためだ。

役者も裏方も運営側の社員も、それぞれの仕事道具を抱えて大挙して移動することになるから、一度の地方公演に対しての移動の労力という点で見れば大変なものである。が、稽古場内の負担だけに限って言えば、大がかりな場面が削られたり演出が変更されたりする分、いつもよりもほんの少しだけ軽くなることが多いのだ。とはいえ変更された演出に添って稽古をし直したり、慣れない劇場での立ち位置を一から覚え直したりといった工程が加わるのだけれども。

紬はといえば、今回の地方公演にすっかり浮かれていた。帝都の外に出るなんて、子どもの頃に何度か両親に連れていってもらった家族旅行以来だ。女学校に入るような年齢になって以降はすっかりご無沙汰だった。

鉄道車両ごと貸し切っての道中、窓の外に広がる一面の田園風景に紬は思わず歓声を上げた。

「蓮治さん、見て！　きれいな景色ですよ！」

窓側に座る紬の隣で台本を読んでいた蓮治が顔を上げる。

「雪国だと聞いていたが、この辺りには雪はないんだな」

「すごく降る地方と、ほとんど積もらない地方とがあるみたいですよ。私たちが行く劇場がある街はほとんど降らないんですって」

寒さ対策は必要なのでその分大荷物だが、慣れない雪に歩くのも四苦八苦といった状況にならずに済むのはありがたい。紬自身はともかく、蓮治には間違っても氷で滑って怪我をさせるなんてことがあってはならないのだ。

とはいえ、と紬は、身を乗り出して窓のほうを覗き込んできている蓮治の顔を見上げる。

「ちょっと残念ですか？」

「まあな」

「ふふ。公演期間が終わったらそのままお休みですから、帝都に帰る前に違う街まで少し足を伸ばしてみるのもいいかもですね」

帝都には真冬でもほとんど雪は降らないし、積もるとなると本当に稀だ。

(雪を見るのを楽しみにしてた蓮治さんっていう存在がもう尊い……！)

車両内には劇場の社員しかいないので、精一杯仕事用の表情で顔を固めつつ、紬は内心で悶えた。

と、向かい合う座席から呻《うめ》き声が飛んでくる。

「……目の前でいちゃつくのだけやめてもらっていいすか？」

ぱっとそちらを振り向くと、組んだ脚に頬杖をついた千春がじっとりとこちらを見上げてきている。

紬は大慌てでわたわたと両腕を振った。

「い、い、いちゃついてなんていませんけど⁉　ほ、ほら蓮治さん、近いですっ！」

身を乗り出しすぎてほとんど紬に背中から覆い被さるような体勢になっていた蓮治の胸を、慌ててぐいと押し返そうとする。しかしまったくびくともしない。蓮治は目立って筋骨隆々というふうには見えないが、実はこれは単なる着痩せなのだ。彼の全身は、国内最高水準の踊りを可能にするだけのしなやかな筋肉で覆われているのである。

「ほら、どうした？　押し返してみろ」

「ぐぬぬ、蓮治様の国宝級の大胸筋……！　じゃなくて！　は、離れてください。一応移動中も勤務時間内なんですよ、私は」

「新婚旅行みたいだって浮かれてたのはお前じゃなかったか？」

ぐっと言葉を詰まらせる。確かに昨夜、そう言って鼻歌を歌いながら荷造りをしていたのは他ならない紬自身だ。

「だ、だって……蓮治さんと遠出できる機会なんて初めてなんですもん」

何しろ蓮治は帝都の大スタアだから、銀座通りを二人でそぞろ歩き、なんて夢のまた夢なのだ。いくら結婚発表を大々的に行なったとはいえ人目を引きすぎる。それに紬のほうは顔や名前まで広く知られているわけではないから、必要以上に紬を衆目に晒したくないという蓮治の意向もあった。

私生活でも自分に向けられる視線が多すぎることの息苦しさは、以前自宅にまで報道記者がやってきて張り込みをされた経験から、紬にも少しはわかるつもりだ。だから蓮治が紬を気遣ってくれるその気持ちは素直にありがたいし、優しさを見せてくれる彼を愛おしくも思う。

が、それとこれとは話が別なのだ。

仕事柄自由気ままに旅行などできないこともあり、此度の仕事のための大移動にさえ心が高揚してしまう紬を誰が責められるだろうか。

「私だって蓮治さんと一緒に雪を見たいし、布海苔《ふのり》を繋ぎに使ってるっていう名物のお蕎麦だって一緒に食べてみたいですし……」

もごもごと口の中だけで呟く。

蓮治は紬の頭を自分のほうに引き寄せるようにして撫でた。今度は紬も抵抗する気が失せてしまった。言葉には出さないまでも、彼が「わかったわかった」と宥めてくれているのがわかったからだ。

蓮治の胸の中にすっかり落ち着いてしまってから、ふと前を見やる。

そこにはさっきとまったく同じ体勢のまま、頭を抱えている千春がいるのだった。

新帝劇御一行様を乗せた鉄道は一路、北陸を目指していく。

長い旅路の末、列車を降りるや観光などする間もなく宿泊施設へと移動し、翌日からはさっそく劇場を使用しての稽古開始だ。過密な日程は帝都であっても帝都の外であっても変わらない。

怒涛の公演日程が押し寄せてきて、関係者は皆それを日々必死に捌いていく。役者や社員の中でも時間に融通が利く者たちや、立ち回りが器用な者たちは、休演日やその前夜を使ってご当地の名物に舌鼓を打ったり、観光地に出かけてみたりと楽しんでいるようだった。

蓮治は公演日は上演前後に地方紙や地元の情報誌の取材が詰まっているので、休演日はなるべく一人で休養させられるよう、紬は蓮治の体調管理に命を懸けていた。公演期間は帝都での一ヶ月半に比べれば半分以下だが、それでも慣れない土地でこなすには十分長丁場であることには変わりない。休日のうちにいかに体力を回復できるかに、翌日からの舞台の出来が、ひいては公演期間を無事に駆け抜けられるかが懸かっているのだ。

そんなこんなで、およそ二週間強の公演期間が終わる頃には、紬もへとへとだった。うまくすれば公演期間中でもちょっとは観光気分が味わえるかも、なんて呑気に考えていた自分の頬を叩いてやりたい。実際にはそんな余裕など、心身ともに欠片も存在しなかった。

千秋楽を迎え、抜け殻のようになっているのは千春も同様だった。蓮治の専属運転手として雇われてからこれが実質初仕事で、それが土地勘のない地方公演だったのだ。宿泊施設から劇場までの日々の送り迎えに加え、新聞社や雑誌社へ紬と一緒に取材前の挨拶に出かけたり、例によって他部署の使いっ走りを快く引き受けたりと毎日走り回っていた。道を知り尽くした帝都でならばいざ知らず、初めての土地では余計に心身ともに疲労が溜まったことだろう。

公演期間を無事に駆け抜け、バラシと呼ばれる後片付け――大道具を組んだりした舞台面や、公演を円滑に進行できるようにあれこれ便利に置いた舞台裏を、すっかり元通りに戻す作業――を終えると、裏方たちも仕事完了となる。衣装部は公演で使用した大量の衣装や小物を劇場内の衣装部屋で補修したりする作業が残っているし、鬘《かつら》を扱う床山《とこやま》なども同様だが、ひとまずは団体での仕事は終わりだ。一足先に帝都に戻った役者たちに続いて、裏方たちも基本的には行きと同様に鉄道の貸切車両で帰ることになるが、希望者は現地解散としてその場に残ることもできる。帰りの交通手段は自分で手配しなければならないが、当然交通費は出るので、目ぼしい観光地がある場所であればあるほど、現地解散を選択する者も多いのだった。

とはいえ今回に限っては季節は冬で、公演期間を消化するごとに寒さも一層厳しくなってきた折である。特に帝都で生まれ育った者にとっては観光に適した季節ではないため、紬たち以外のほとんどの者が、仕事が終わると同時に帝都へと戻っていった。残ったのは紬たちのほかは、新潟に実家があってついでに寄ろうという数名だけだ。

その者たちとも劇場で別れ、紬と蓮治、そして千春の三人は、車であちこちを巡ってみることになった。名産品の米や日本酒、紬が食べたいと思っていたへぎそば、お土産にぴったりな米菓に笹団子。それに帝都では見られない景色の数々も、この機会に体験できるものはすべて体験してみたい。

　ちなみに千春に関しては、紬と蓮治には現地での足が必要なので、個人的に給金に上乗せするという形で残ってもらっている状況である。駄目で元々で紬が頼み込んでみたら快諾してくれたのだ。ますます千春に足を向けて寝られないと思う紬である。

　そんなこんなで別の街にある宿泊施設に移るため、三人分の荷物を車に積み込んでいる途中、千春がふと思い出したように言った。

「そうだ。劇場に届いてた月城さん宛の郵便物、紬に渡すように言われてたんだった」

　ごそごそと自分の鞄を漁る千春に、紬は呆れてしまう。

「そんなのもともと私の仕事なんだから、千春くんが引き受けることないのに。小野寺紬に直接渡せって運営さんに言ってくれていいんだからね」

「そうもいかねぇだろ。それに大した労力じゃねぇし」

　ん、と千春が封書の束を差し出してくるので、紬はため息混じりに受け取った。誰に対しても親切なのは素晴らしいことではあるけれど、それで千春本人が疲れ果ててしまっては元も子もないのではないだろうか。もう少しだけ自分本位に生きてもいいのにと思いはするが、そう振る舞ってしまう自分というものに、紬自身も心当たりがないではない。衣装部にいた頃は一番下っ端だったこともあり、言われる前に先回りして動く、というのを徹底的に心がけていたし、それによる疲労は決して苦ではなかったのだ。

「……ありがとう。実は私も慣れない劇場で毎日てんやわんやだったから、千春くんが手伝ってくれて本当に助かったわ」

正直にそう告げて、封書の束を受け取る。

千春はこちらの顔を見つめた後、ぱっと視線を外してしまった。

ふと――その様子に、紬はほんの少し違和感を覚えた。だがこちらが何かを言う前に千春が口を開く。

「……あと、残ってる月城さんの荷物を積んだら終わりだよな？」

「ええ、お願い。受付の椅子のところに置いてあるから」

千春は頷き、そそくさと荷物を取りに建物に戻っていく。入れ違いに建物から出てきた蓮治がそんな彼を目で追っているのが、さっき千春に感じた小さな違和感とともに、やけに紬の脳裏に焼きついた。

が、今は手もとの封書の山だ。その多くは新潟や近郊の蓮治ファンから届いたファンレターだが、中にはそうではなさそうなものもある。わざわざ帝都ではなく新潟の劇場まで送ってくるくらいだ、急ぎのものも紛れているかもしれない。

紬はひとまず目視で明らかにファンレターであろうものとそうではなさそうなものに分け、ファンレターではなさそうなものから優先して差出人を詳しく確認していく。

と――その中に、見過ごせない名前を見つけた。

「誠一郎さん、これ……」

半ば信じられない思いで、その封筒を蓮治に手渡す。

蓮治は怪訝そうに受け取り、差出人に視線を落とした。その目が見開かれると同時、蓮治が紬の手の中に封筒を押し戻してくる。まるきり何か汚いものを押し付けてくるような仕草だ。

「なんでよ」

紬はその封筒をまた蓮治の手の中に押し戻す。

蓮治はまたそれを紬の手の中に押し付けてくる。

「だからなんでそうなるの。誠一郎さんに届いたお手紙でしょ」

「お前が代読してくれればいいだろ」

「代読するのは別に構わないけど、そろそろそんなに拒否反応を示さなくてもいいんじゃないの？　前にも一度お手紙を送ってきてくれたんだし」

「あの手紙も本当にあいつが自主的に書いたのかどうか、俺はまだ疑っているんだ」

言い合う間にも、手紙は紬と蓮治の手の中を行ったり来たりしている。

「まだそんなこと言って……ってちょっと！　へ、変なところ触らないでよ！」

紬はとうとう観念し、手紙を押しつけてくる蓮治の手の中から封筒を引ったくった。

改めて、差出人の名前に視線を落とす。

――時村宗二郎。

心の片隅で待ち望んでいた人からの手紙をいざこうして受け取ってみると、中身を見るのに緊張してしまう。わざわざ新潟の劇場まで送ってきているというのも、何だかいやに意味深に思えてくる。以前のように帝都の新帝劇に送ってくれるのではだめだったのだろうか？

　封を切り、便箋の文面に目を走らせる。宗二郎氏もきれいな字を書くが、蓮治の字とはあまり似ていないんだなと、以前にも思ったことをまた思った。

　丁寧な時候の挨拶の後に綴られている用件に目を通すと、ああ、と紬は思わず拍子抜けしてしまった。変に緊張していた分、安堵で肩の力が抜ける。

「なるほど。だからわざわざ新潟にまで送ってきてくれたのね」

　紬は便箋を蓮治のほうに向け、指差してみせる。

「雪国の景色を、ご当地の絵葉書で送ってほしいんですって。せっかくだから消印もご当地のものでって」

　すると蓮治も紬そっくりの呆け顔になった。

「……絵葉書がなんだって？」

「ほら、希望の街の名前も指定してあるのよ。多分だけど豪雪地帯で有名な街なのかしら？　あんまり雪深いところまでは行けないけど、わざわざ指定してくれたってことは、きっと車でも行ける大通り沿いによくあるお土産物屋さんみたいなのがあるんでしょうね」

「……他には？　何て書いてある？」

「『兄さんの初めての地方巡業主演公演の成功をお祈りするとともに、奥方様ともどもご健康に』――あ、私のことにも触れてくださってる。弟さん、お優しい方なのね」

　蓮治はまだ狐につままれたような、疑り深い顔をしている。

「それは本当に宗二郎からの手紙なのか？」

「またそんなこと言って。誰かに脅されてこんなお手紙を寄越したりしないわよ」

便箋を丁寧にたたみ直して封筒に戻しながら、紬は微笑む。

「もう少し弟さんのこと、信じてあげてもいいんじゃない？」

「そうは言うけどな……」

深く嘆息する蓮治の腕に、紬は抱きついて引っ張ってみせる。

「せっかくここまで来たんだもの。私も雪景色の絵葉書を自分用に買いたいわ。額に入れて居間にでも飾りましょうよ」

殊更に目を輝かせて蓮治を見上げてみると、彼はじっとりとした目でこちらを見下ろしてきた。そしてもう一度深くため息を吐き、視線を流す。

「……仕方ない。まぁ確かに、せっかくここまで来たし……」

珍しくもごもごと口の中で呻く蓮治に、愛おしさが募ってさらに強く腕に抱きつく。

紬が自分をだしにして蓮治がそれに乗っかった形にはなったけれども、紬には彼の真意が手に取るようにわかった。彼は本当は、長らく疎遠だった実弟がどんな形でも自分を頼ってくれたことが嬉しいのだ。いくら成長してから仲違いをしたからといって、幼い頃に弟を可愛がっていた事実は消えない。事あるごとに弟との思い出を口に出すほどには未だ抱いている愛情もまた然りだ。

それに彼が弟に対して抱えていた負い目のようなものを、未だに完全に払拭できたわけではないのだということも、紬にはよくわかっている。

彼はまだ、紬が傍にいないと眠ることができない。

長い間彼の心の深い部分を蝕んでいた澱《よど》みは、彼から穏やかな眠りを奪い去った。紬が傍にいることで人並みに眠ることができるようにはなったけれども、それだってまだまだ正常な状態に戻れたと言うにはほど遠い。

紬からすれば、蓮治が自分を頼りにしてくれることは素直に嬉しい。嬉しいが、それが彼の健康や人並みの心の安寧と引き換えであるとなると話は別だ。

蓮治が弟と心の底から和解できる日が来るのがもちろん一番いい。だがすぐには難しいであろうこともわかっている。お互いに歩み寄りたいと思い合っている者同士でも、離れていた時間が長ければ長いほど、心の距離が遠ければ遠いほど、それは難しいはずだから。

だから宗二郎氏のほうからこうして歩み寄ってきてくれる姿勢を見せてくれたことが、今はただただ嬉しい。

紬は抱きしめた蓮治の腕を、宥めるようにぽんぽんと優しく叩いた。

「絵葉書なんて簡単なもので喜んでくれるなんて、健気な弟さんじゃない。きっと誠一郎さんにあまり負担を掛けないように甘えてくれようとしているのよ」

「別にあいつのためにとは言ってない。お前に買う分のついでだ、ついで」

「ふふ、はいはい。ついでに素敵な絵葉書を見つけましょうね」

紬は宗二郎氏からの手紙を撫でる。

一度も会ったことはないけれど、宗二郎氏は紬にとって義理の弟だ。歩み寄ってくれれば、紬だって嬉しい。

これを機に今度こそ兄弟の仲が縮まってくれるといいな、と思い、心が温かくなった。

――しかしいくら心が温かかろうとも、それは実際の外気温にはまったく影響しない。当たり前だが。

紬は自分の唇の端がひくひくと動くのを感じた。

車の壁すらも突き抜けてくる、手持ちの防寒着をすべて着込んでも太刀打ちできないほどの冷気にぶるりと震える。

頭の中が真っ白だ。いや、実際に真っ白なのは窓の外の風景だが。

運転席で散々四苦八苦していた千春が、後部座席を振り向いた。そして並んで座る紬と蓮治の顔を、ばつの悪そうな顔で見る。

「……すんません。完全に動けなくなりました」

さっきまでの彼の、「全然大丈夫っすよ！　まだまだ行けますよ！　俺を信じてくださ い！」という自信満々の態度はどこに行ってしまったのか。確かにその態度は当初の自信に満ちたものから、徐々に、ここまで来たら後には引けないという切羽詰まったものに変わっていたようにも思うが。今や完全に尻尾が下がってしまった大型犬だ。

さっきからずっと、紬は彼に本当に大丈夫なのか、引き返したほうがいいのではないかと散々言い続けてきたのだ。それなのに。

「……ど……ど……」

隣で蓮治が深く深くため息を吐いたのが聞こえた。

もう知らないから好きなだけ叫べ、と紬にぼやいているかのように。

愛する夫の言外のお言葉に甘えて、紬は叫んだ。それはもう、腹の底から。舞台俳優も顔負けなほどの肺活量で。

「どうしてこうなるのよぉぉ‼」

狭い車の中に響き渡った大絶叫はしかし、車の外に広がる真っ白な風景――背の高さをも超えそうなほどに降り積もった大雪の中に、虚しく吸い込まれていった。

第二章　帰ってきたお衣装係

紬たちを乗せた車が豪雪の中を突き進んでしまったのは、何もまったく考えなしにというわけではない。

千春は帝都では運転手としてこの上なく有能だった。運転技術そのものの高さもさることながら、道を嗅ぎ分ける嗅覚のようなものが優秀なのだ。一度通った道はすぐに覚えるし、地図を見て最適な道順を頭の中でさっと組み立てて、道路状況によってそれを臨機応変に組み替える能力にも長けている。初めて通る道であっても、だから道のど真ん中で立ち往生することなど一度もなかった。

そんな彼が自信満々に突き進む道なのだから、心配ないのだろうとこちらが判断してしまったのも仕方のないことだと思う。

それがたとえ、明らかに雪深いほうへと進んでいる状況だったとしても。

宗二郎氏に指定された街へ向かうため車で走っていくにつれ、外気温がどんどん下がっているのは、肌を刺すような冷気の感覚でわかった。それでも周囲に雪がまったくなく、空からもちらりとも雪片が舞い降りてこない状況が続いていたから、そういうものなのかと納得していた。豪雪地帯で有名な地域とはいえ、本当に雪深いのはその中のごく一部に過ぎなくて、それが他県の人間には話の種として衝撃的な言葉でもって表現されているだけなのだろう、と。

だが長い隧道《ずいどう》を抜けた先は、真っ白だった。

隧道の前後で急に別世界に変わってしまったかのように、そこには唐突に一面の銀世界が広がっていたのだ。

それを見た瞬間、紬の胸は一瞬高揚した。こんなにたくさんの雪を一度に見るのは生まれて初めてで、雪国と聞いて思い描く景色そのものだったからだ。

そして紬はその感動を、傍にいる一番大事な人とわかち合いたいという気持ちに駆られた。隣の蓮治を見ると、青い目を大きく見開き、きらきらと輝かせている。

（かわい……ッ！）

紬は語彙力を失った。

嗚咽を漏らしそうな口もとを押さえ、目の前の尊い景観に魅入る。もはや感動的な銀世界は美の妖精を彩るための背景と化している。

美術館に大事に収蔵されて百年に一度だけ公開される美術品のような蓮治に見入りそうになっていた紬を、素っ頓狂な声が現実に引き戻した。

「……は？」

それは運転席の千春の声だった。

紬が瞬時に現実に引き戻されたのは、その声が聞き逃すことを許さないほど極めて呆然とした調子だったからだ。

「……え？」

急激に不安に駆られ、紬も呆然と返す。

「千春くん、道、合ってるのよね？」

「し、心配いらねぇよ」

絶妙に要点をずらした返答をされた気がする。

助けを求めるように隣の蓮治を見てみると――また美術品に魅入られかけたが、職業婦人紬が脳内でファン紬を往復ビンタしてくれたので何とか正気に戻れた――、蓮治は窓の外から視線を外さないまま言った。

「そいつがこの道だと思うなら、この道なんだろ」

あら、と紬は目を瞬かせる。

蓮治は千春に対しては未だに居丈高かつぞんざいな対応をすることが多いのだが、その仕事ぶり自体はやはり認めてはいるようだ。というより、基本的には他人に対して傲慢で刺々しいのが蓮治にとっては普通だから、千春に対しての態度だけが特別悪いというわけでもないのだけれど。

蓮治のその言葉に、紬は自分の中の焦りや不安が、生まれたときと同様に急激に消えていくのを感じた。

「そうですよね。運転の専門家がそう言ってるんですものね」

視界の端に、千春の肩がびくっと震えたのが目に入ったような気がしたが――今となっては、あのとき覚えた違和感をきちんと追及しておけばと思う。すべては後の祭りだが――、気のせいかとその場はとりあえず流す。

蓮治が窓枠に頬杖をついたまま、喉の奥で笑った。

「少なくともお前に任せるよりは確実だからな」

「んなっ……！　それは蓮治さんも同じですよね⁉」

そんなことをわいわいと言い合っていたから、紬も、そして蓮治も、千春が蒼白な顔でハンドルを握り締めていたことに気づくことはなかったのである。

小さな違和感を見逃してしまっていた理由はもうひとつある。それは紬の体調が普段とは違っていたということだ。

有り体に言えば、月のものの二日目だったのである。

もともと紬はどちらかと言えば重いほうではないし、今回は冷え対策もきちんとしていたつもりだったのだが、普段と違う環境にしばらく身を置いていたことが知らず知らずのうちに身体に負担を掛けていたのだろう。予定日の前日から少し腹が痛く、腰も重く、頭もぼんやりとしていた。昨日からの出血もいつもより量が多く、腹の中を抉られるような痛みと、断続的に続く寒気があった。おまけにぼんやりしていた頭はそのまま強烈な眠気になった。もし刺すような冷気がなければ、車の揺れに耐えられずにすとんと寝入ってしまっていただろう。

そんな状態だったものだから、いつもよりも集中力が散漫になっていたし、物事をいつもより深く考えることができていなかったのは確かだった。

だから紬にも責任はある。それは自分でもわかっているのだけれど。

——完全に雪にめり込んで動かなくなってしまった車輪を呆然と見つめ、紬はがっくりと肩を落とした。

車から降りた瞬間に全身が雪片交じりの冷たい風に包まれて文字通り震え上がってしまったが、それよりも恐ろしいのは今紬たちが置かれている状況だ。

周囲を見回してみても、四方の視界が完全に雪で閉ざされているのである。

千春と蓮治が協力して人力で車を動かそうと何度か試みたものの、車はぴくりとも動かない。蓮治はこの方法にはまったく芽がないと早々に判断し、車の中から地図を取り出して広げた。

「佐倉」

「は、はい」

千春の顔は完全に真っ青になっている。蓮治は千春の狼狽を気にも留めていないような淡々とした調子で続ける。

「今俺たちがいるのはこの辺りだと言ったな？」

「はい、最後に見た案内板からもそれは間違いないです」

だったら、と蓮治は一点の方角を見やった。

「あっちのほうに民家があるはずだ。地図上でもそんなに遠くはない。そこで助けを求めよう」

一面厚い雪に覆われているように見えて、冷静によく見ると目印になりそうなものもある。道はまだ完全に埋まってはいないから、道沿いに歩いて行けば迷うこともなさそうだ。

千春は少しほっとしたような表情になった。蓮治に厳しく叱責されると思っていたのかもしれない。気を取り直したように、車の中から最低限の必需品が入った鞄を取り出す。

「じゃ、早速行きましょう。借り物の車をここに置いていくのはちょっと気が引けるっすけど……」

「こんな天気の日に車を盗む気概のある奴にはくれてやろう。違約金を俺が払えば問題ないだろう」

その言葉に、千春は少し驚いたような顔をしている。

それに紬のほうが何となく鼻が高いような気持ちになりながら、足もとの冷えにその場で小さく足踏みをした。この短い間にも雪を踏む足裏から冷気が急激に上がってきて、下腹がじくじくと痛んでくる感じがするのだ。雪の中にいる時間が長引くと辛いかもしれない。

と、蓮治の腕が伸びてきて、紬の肩を支えるようにしっかりと抱いてくれた。冷えた外套に阻まれているので彼の体温を感じることはできないけれど、助けてくれようとするその振る舞いに心がぽかぽかと温かくなる。

「辛くなったらすぐに言えよ」

そんな言葉が頭上から降ってきて、紬は思わず笑ってしまった。

「辛いって言ったら、蓮治さんがおぶってくれるんですか？」

軽口だとわかっていながらもそんなことを言ってみる。すると蓮治は予想外にも頷いた。

「俺は別に今だって構わないが」

「……それは私が無理です。蓮治さんに余計なお荷物を担がせるなんて」

「お前ならそう答えると思ったから言ったんだ」

蓮治は、紬のことならお見通しだ。他人が聞くと一見わかりにくい言葉でも、その実、二手も三手も先を読んだ上での優しさなのだ。

先に進んでいた千春がこちらを振り向いて、おーい、と大きく手を振っている。

紬は蓮治の身体にしがみ付きながら、雪をざくざくと踏んで歩き始めた。


永遠とも思えるような一面の白の中を歩き出した三人だったが、蓮治の読み通り、程なくして一軒の民家の明かりが見えてきた。

さっきまではあんなに途方に暮れた気分だったのに、雪片の向こうにぼんやりと灯る柔らかい橙色の光を見た瞬間、紬は安堵で膝の力が抜けそうになった。

先導していた千春が地図と方角とを照らし合わせる。

「あの家だけぽつんと離れてるんすね。もうちょい先に行けば建物が何軒か密集してるんで、電話借りられる商店とかもある可能性ありますけど……」

「いや、ひとまず一番近いあの家に行く」

蓮治はそう答えて腕の中の紬を見下ろしてくる。道中何度も「大丈夫か」と声を掛けてくれて、その声に励まされる形でここまで歩いてきたけれども、民家の明かりを見て安堵したことで緊張が緩んだのだろうか。俄《にわ》かに身体の芯から末端までの凍りつくような冷えと、下腹部のずっしりと重い痛みが波のように押し寄せてくる。

蓮治を見上げて、まだ大丈夫だという意味をこめて微笑んでみせるが、どうやら逆効果だったようだ。

紬の真っ青な顔に気づいた千春が、蓮治と目を見合わせて神妙に頷いた。すぐに進行方向に向き直り、明かりのほうに向かってさっきまでよりも早足で進んでいく。一足先に民家の家主に許可を取りに行ってくれたのだろう。本来ならばそれはマネージャーである自分の役目なのに、と紬は内心申し訳なく思う。

月のものの影響で考えが悲観的な方向に落ち込んでいきそうだったので、それを振り払うように紬は明るい声を出してみせた。

「千春くん、目と目で通じ合って先回りして動いてくれるなんて、やるじゃない。誠一郎さんもそう思うでしょ？」

その声は周囲の雪に吸い込まれてか、紬自身にも驚くほど弱々しく聞こえた。

蓮治は小さく嘆息する。そして胴体にしがみ付く紬の腕を外させると、足もとに屈み込む。

「？　誠一郎さん、どうし――きゃっ」

視界が大きく動いて、思わず小さな悲鳴を上げてしまう。横抱きに抱き上げられたのだと遅れて気づいた。冬の湖のような青い双眸が至近距離からこちらを見つめている。

「……あの、私、まだ大丈夫よ。あの明かりのところまでは自分で歩けるわ」

しどろもどろになってしまう。美しい瞳にあまりにもまっすぐに見つめられているせいだ。どんなに本心を隠しても見透かされてしまうような眼差し。

「お前は大丈夫かもしれないが、俺が限界なんだ」

切なげな声音でそんなことを言われてしまっては、押し黙るしかできることはない。

いつもならば脳内のファン紬が大暴れ大騒ぎするような台詞だが、今はやはり紬自身が平常ではないからか、蓮治の言葉がまっすぐに胸に届いた。だからこそ、それ以上やせ我慢はできなかった。

「……ありがとう。実はちょっと限界が近いかもって思ってたの」

「俺がやりたくてやってるんだから礼なんて必要ない。だがまぁ、ありがたく思ってるなら――」

蓮治は紬の耳もとに唇を寄せてくる。

「……もっと俺を頼れ」

紬は瞠目し、蓮治の顔を見上げる。

彼はもう紬から視線を外してしまっている。前を向く彼は瞳の色だけでなく肌の色も、その体内に流れる遠い北の地の血が雪に共鳴したかのように、美しく光り輝いて見える。

（……ああ、大好きすぎるわ……控え目に言っても世界一愛してる……）

心地よい揺れに身を任せながら、うっとりと夢心地で目の前の絶景に見惚れる。

何だか本当に身体まで熱くなってきたのを、我ながらおかしく思った。


結論から言うと、紬は実際に発熱していた。

先に民家に辿り着いた千春が、その民家の家主で一人住まいの老婆に事情を説明したところ、快く家に入れてもらえることになった。立ち往生した車を動かすための人員手配や、代替の移動手段の手配などをするために電話を借りられるところはないかと千春が尋ねてみたところ、六軒先が村長の家だからそこで借りられると教えてくれた。とはいえ雪が本降りになってきた今は少し危ないということで、止むまでの間は千春も一緒に待たせてもらう形だ。

紬を抱えた蓮治が家に入ると、家主の老婆はまず蓮治の神々しさに驚き、そして腕の中の紬の様子に驚いた。この時には紬はもう熱がかなり上がっていたのと、冷えから来る下腹部痛の悪化で顔は真っ白になり、意識も朦朧としていたのだ。

老婆は大慌てですぐに客間を温めてくれ、布団を敷いてくれた。

「どうしてこんな季節にわざわざ来たの」

布団の上に蓮治が紬を寝かせていると、老婆は傍にいた千春に問うた。

千春は視線を彷徨わせる。

「いや、その……ちょっと事情があって、雪景色の絵葉書を買いに……」

「絵葉書？　絵葉書だって？」

老婆は信じられないものを見る目で三人をかわるがわる見る。

「この時期は町の観光客向けの売店なんかはみんな閉まってて、春まで開かないんだよ」

「え、そうなんすか⁉」

「一体誰がこんな大雪の中をお土産買いにはるばるやって来るっていうの。ほら、あんたも火にあたりなさい」

老婆は千春にも体を温めさせつつ、客間の紬の顔を覗き込む。

「可哀想にねぇ。女の子は身体を冷やすことだけはしちゃいけないってのに……。旦那さん、しっかりお嫁さんをあっためておあげなさいよ。戸は閉めておくから、ゆっくり休ませてやりなさい」

「……はい。ありがとうございます」

蓮治が老婆に頭を下げると、老婆は頷いて引き戸を閉めた。戸の向こうから、「死んだ主人の部屋で悪いけど、あんたにもお布団敷いてあげようね」「えっ、泊めてもらっていいんすか⁉」という老婆と千春のやり取りが聞こえてくる。

二人が廊下の向こうの居間に戻り、客間は静けさに包まれる。

蓮治は布団に横たわる紬を見下ろす。眠っているというよりは、意識を失ってしまっていると言ったほうが正しいか。

雪で冷たく濡れた外套や羽織り物は脱がせているし、老婆のお陰で部屋の中は温かい。が、中綿の掛け布団の上に毛布まで掛けているにも拘らず、紬の体は小さく震えている。

蓮治も紬も、少々の体調不良では休むことの許されない世界で生きている。多少の痛みや苦しみを耐える方法も、うまくやり過ごしながら騙し騙し過ごす方法も各々知っていて、それを誰もが特に他人に言わずとも当たり前に実践している世界だ。

それでも、蓮治にとって紬は仕事上の相棒というだけではない。

二人は夫婦なのだ。

相手に弱みを見せることが致命的な甘えに繋がってしまうのではないかという危惧は蓮治にも理解できる。そこを妥協して馴れ合ってしまうことは、仕事の質の低下に直結するからだ。

けれどそんな建前は抜きにすることができればどんなにいいだろうと思うことだって、やはり何度もあるのだ。今回のことも然り。

老婆は紬の様子を見るや否や、月のものが重いのではないかと見抜いた。蓮治にはそれが事実かどうかはわからないが、言われてみれば単なる風邪にしては顔色が悪すぎるとようやく気づいた。

老婆は「殿方にはわからなくて当然だよ」と慰めてくれたが、もし逆の立場だったら、紬は蓮治の不調の原因をぴたりと言い当てるだろうとも思った。

「……夫としてまったく未熟だな、俺は」

額にかかる紬の前髪を手で梳く。指先に触れる肌は熱い。

窓の外の雪は、まだ降り止まない。

＊＊＊

柔らかい朝の日差しが、大きな窓から差し込んでくる。

大きな両開きの硝子戸の上に半円窓がついたそれは、房飾りでゆったりとたわませた厚手のカーテンによって半分ほど覆われている。たっぷりとあしらわれたレースにより、陽光は光の粒となって部屋の中に降り注ぐのだ。

（……って、何だか前にもこんなことがあったような気がするわね。気のせいかしら？）

天蓋付きの柔らかな寝台の中で、紬は穏やかに目覚め、明るい部屋の中から窓の外を眺める。

そこには西洋式の庭園が広がり、芝生や花々に分厚い雪がこんもりと積もっている。

「……。え？」

ぱちくりと目を瞬かせていると、ばふっと頭から毛布が一枚被せられた。間髪入れずに二枚、三枚と次々に毛布が被せられていく。

「え？　ちょっと、一体何――」

「いいからじっとしていろ。今はとにかくあったまれ、お前は」

愛しい人の声がすぐ傍から聞こえてくる。だが姿は見えない。なぜなら四枚、五枚とどんどん毛布が増えていって、もはや周囲を見回すことも身動きを取ることもできないからだ。

「もういいわよ、十分あったかいわ」

「いや、まだ不十分だ。俺がお前をあっためてやりたいんだ」

「気持ちはありがたいしとっても嬉しいんだけどね、あったかいっていうかそろそろ暑――」

「だめだ、まだ足りない。女の子の体を冷やさせるなって言われたんだ」

その声で発されるにはあまりに不自然な単語に、身体の熱が急激に引いていく。

（……女の子、ですって？）

その違和感に、もはや冷や汗までもがだらだらと身体中を流れ――

「――っていうか今回もやっぱり誰なのよ、あんたは!!」


いつかの夢からの目覚めと同じように、紬はそこで飛び起きた。

否、正確には飛び起きようとしたができなかった。隣で眠る蓮治の腕が、かつてないほどがっちりと紬の身体を抱きしめていたからだ。

悪夢の原因はこれか、と思いながら蓮治の腕をどけようとし、ふと違和感を覚える。

両手に触れる蓮治の腕が、何だか剥き出しな気がする。

寝ている間に寝間着の浴衣の袖が捲れ上がってしまったのかな、とあまり深く考えることなく、微睡《まどろみ》に逆らわずに再び寝入ろうと身動ぎしたところで、今度は自分を包み込む感触が普段と違うことに気づく。

何だか妙にさらさらとした感触がする気がする。そして妙に温かい。

(何かしら……いつもより心地好い……)

瞼の裏に一面の銀世界が蘇る。思い出しただけで身体が芯から冷えて下腹が痛くなってくるような気がするくらい、あの寒さは堪えたなとぼんやり考える。普段ならばもっと景色や寒さを楽しむこともできただろうに、よりによって月のものが重なってしまうなんて不運だったとしか言いようがない。

(……そうだわ。昨日、雪の中を誠一郎さんと千春くんと歩いて……それからどうしたんだったかしら？)

えーっと、と夢うつつに思い返す。

体調の悪さに耐えながら、蓮治に支えられて明かりを目指してひたすら突き進んで、それからどうしたのだったか。そこからぱったりと記憶がない。

夢の中で知らない老婆の声が紬を労ってくれたような気がする。あれは本当に夢だったのだろうか、それとも。

再び眠りに誘おうとする温かい心地好さに何とか抗い、目を開く。

間近にいつもと同じように蓮治の寝顔があり、ほっと安らぐ。

（誠一郎さん、よく眠れてるみたいでよかっ――）

微笑ましく思いながら、蓮治の髪を撫でようと手を伸ばしたのも束の間である。

腕を上げたことで掛け布団に隙間ができ、蓮治の胸もとが図らずも目に入ってきた。

見事に隆起した、真っ白な美しい胸筋が。

とはいえ紬とて人妻である。膝枕係から枕係、もとい添い寝係に昇格して久しい。はだけた寝間着から覗く胸筋に顔を真っ赤にしてきゃあきゃあ大騒ぎしていたのは過去の話だ。

そして紬は以前は、蓮治の専属衣装係見習いだったのである。頭の中が完全に職業婦人紬になっている状態であれば、たとえ蓮治の上裸を目の前にしようとも平常心を保つことだって何のそのなのだ。

とはいえ寝ている間に寝間着がはだけては風邪をひいてしまうかもしれない。直してあげようと上体を起こそうとして、紬は固まった。

なぜか自分まで寝間着がはだけている。

いや、はだけているなどという生半可な状態ではない。と言うより、よくよく見てみればそもそも寝間着を着ていない。

頭が真っ白になり、動きが止まる。

現実が受け入れられずに思考が空転する。

なぜなら寝間着を着ていないのは紬だけではなかったからだ。

一枚の布も介さずに肌が触れ合っている。

一糸纏《まと》わぬ姿の蓮治と。

「――ぎ――」

ギャー、という極めて色気のない悲鳴が家中に響き渡った。

大混乱に見舞われながらも、自分の声の響き方に違和感を覚えて顔を上げ、さらなる悲鳴を上げる。

「そしてここどこ⁉　何⁉　一体何が起きてるのよ⁉」

「……うるさい……」

隣の蓮治がむにゃむにゃと不機嫌そうな声で呻き、猫のように掛け布団に包まる。その様子が母性本能を直撃したのも確かだが、そんなことより今はこの状況だ。蓮治から掛け布団を半ば奪い取るようにして、裸の胸もとを隠す。

「起きてよ、誠一郎さん！　ここはどこなの⁉　この田舎のおばあちゃんちみたいな妙に落ち着くお部屋は何⁉」

「……お前が今言った通りの……家……」

「お願い寝ないでぇ！」

蓮治の身体を掛け布団の上から揺さぶると、青い瞳が薄く開かれて眩しげに紬を見やる。

「………」

そのまま一言も発しない蓮治に、紬は急に不安になってくる。

「……な、何？　どうしたのよ？」

「いや……」

蓮治は寒そうに身を捩《よじ》り、掛け布団の中にもぞもぞと潜り込む。布団は紬がほとんど奪ってしまっている状態だから、まるきり猫が足もとに潜り込んでくるような格好だ。

「そうやってるとお前でも色っぽく見えるんだなと思っただけだ」

「んなっ……!?」

真っ赤な顔で口をぱくぱく開閉していると、布団の中から蓮治が腕を軽く掴んでくる。

「もう体調はいいのか？」

「え？　ええ、とっても元気だけど……」

「ならいい」

言うが早いか、蓮治は掴んでいた紬の腕を今度は強く引いた。紬は均衡を崩してそのまま布団の中に引き摺り込まれる。そして肩まできっちりと掛け布団を掛けられ、布団の中で蓮治の腕に身体をしっかりと抱きしめられる。

「せ、誠一郎さん？」

蓮治の腕が素肌の胸に当たりそうで、慌てて身を捩って自分の手を差し込む。蓮治はわかっているのかいないのか、あるいはまだ半分寝ているのか、紬のするに任せている。

「せっかく治ったのにぶり返したら困るだろ。身体を冷やすな」

ふと――夢の中の出来事が不意に脳裏に蘇る。

嫌というほど毛布で包まれて、夢の中だというのにぽかぽかと温かかった。

蓮治が体調の悪い紬をどうこうするような最低な男だなどとは、はなからまったく思っていない。だからこんな状況であっても、何かが起こったのではないかという懸念は毛ほどもない。色っぽい事件がどうあっても起きないというのは夫婦としてはやや悲しい話ではあるが。

もしかして、と紬は目を瞬かせる。

「誠一郎さん……私を温めようとしてくれたの？」

防寒具を突き抜けてくる鋭い寒さと、月のもののせいで普段よりも体温が低く冷えやすかったことで、眠る前はひどい寒さに震えていたことを思い出す。芋蔓式に次々と色々なことを思い出してくる――そういえば雪の中を蓮治に支えられながら歩いて、民家の明かりを見つけ、蓮治に抱き上げられたのだ。そして気絶するようにすこんと眠りに落ちた。

夢うつつに聞こえてきていた話し声は、あの民家の家主とのものだったということか。

冷え切った衣類に包まれているより、人肌で温めたほうが確実で早いと蓮治は判断したのだ。

蓮治はその生まれ育ちも相まって、どこか浮世離れした振る舞いをすることが多いが、いざというときの判断は紬が驚いてしまうほど早くて大胆で、そして正確だ。

（……誠一郎さんの身体があったかいって前に言ったことがあるの、覚えててくれたってことかしら？）

ふふ、と温かい気持ちで微笑み、蓮治の腕の中で再び微睡む。とろとろと心地好い眠気に身を任せながら、ふと考える。

(そういえば……今何時なんだろう？　私たち、人様のおうちでこんなにゆっくり寝てていいの？)

と——遠くの方、家の外と思しきところから話し声が聞こえる。玄関かどこかの引き戸が開く音の後、その話し声は明瞭になる。千春と、家主であろう老婆の声だ。

「——いやほんと助かったよ、ばあちゃん。お陰であちこちに電話できたから、昼には迎えの車も来てくれるって。村長さんちまでわざわざ案内させちまって悪かったな」

「いいんだよ。こんな雪の中、一人で行かせるわけにいかないもの。雪かきを手伝ってくれてあたしのほうこそ助かったよ」

「この、かんじきっての？　これめちゃくちゃ歩きやすいな！　雪の上歩くの楽しかった」

「そうでしょう。あたしもここに嫁いできて初めて使ったときには感激したものだよ」

「ばあちゃん、この辺の人じゃねぇの？」

「帝都から嫁いできたんだよ。もう大昔の話だけどね」

「そうなのか!?　うわー、奇遇だな！」

「よかったらそれ、持ってお行きな。帰るときにも必要でしょう。あの二人の分も出しといてあげよう」

「えっ、もらっちまっていいのか？」

「夏の終わりにいっぱい編んでおいたからね。ほら、身体が冷えたでしょう、火にあたりなさい。あの二人は朝ごはんは食べられそうかね」

「あ、俺ちょっと様子見てくるよ。昨日から紬のこと月城さんに任せっきりだったから」

そう言うや、千春のものと思しき足音が近づいてくる。短い廊下をあっという間にこの部屋まで到着したようで、外から声が掛かる。

「月城さん、起きてますか？　開けますよー」

紬は反射的に上体を起こそうとした。もし家主の老婆が一緒にいるなら挨拶しなければと思ったからだ。

蓮治の腕は紬の腰の辺りに巻きついている。だから紬は実に円滑に、何の障害もなく起き上がった。

部屋の引き戸が開かれる。

「月城さん、紬の様子は――」

千春はそこで言葉を止めた。口を開けたまま、その先を継げなかったというほうが正しい。

紬はまた反射的にいつも通り笑顔で挨拶しようとし――廊下から入ってくる冷気で肩の辺りがいやに寒いことに気づいた。

その冷えによって頭もじわじわと冷やされ、顔が真っ青になる。

千春が大慌てで引き戸を音を立てて閉じたのと、紬が今度こそご近所中に響き渡るのではないかという大絶叫を放ったのは、ほぼ同時だった。

老婆が貸してくれた寝間着に、綿の入った温かい半纏《はんてん》まで着込んで、勧められるまま炬《こ》燵《たつ》に入った紬は、老婆が作ってくれた朝食の雑炊を啜って一息ついた。至れり尽くせりとはまさにこのことだ。

「味はどう？　こっちで暮らす間にあたしも大分好みが変わっちゃったから、口に合うかどうか……」

「とってもおいしいわ、おばあちゃん。やっぱり米どころはお水から違うわね。私、こんなおいしいお雑炊を食べたのは生まれて初めてよ」

老婆はくすぐったそうに笑う。

「ならよかった。ほら、たんとお食べ。しっかり身体を労らないといけないよ」

そう言って老婆は熱いお茶のお代わりまで注いでくれる。

温かいもてなしに心から感謝しつつ、そういえば、と紬は首を傾げた。

「どうして私がその、そうだってわかったの？」

「そりゃあ、あたしも若い頃はかなり重くて、随分辛い思いをしたからね。亡くなった主人はそういうことにあんまり理解のない人で苦労したの。あんたはいい旦那さんを持ったね」

「ええ、私もそう思うわ。まさか夜通しあっためてくれるなんて――ねえ、誠一郎さん？」

紬は隣で黙々と雑炊を食べている蓮治を見やる。明らかに不機嫌そうな顔と態度だ。

もう、と紬は呆れた。

「私がいいって言ってるんだから、そろそろ許してあげなさいよ」

「そうはいくか。お前の肌を見たんだぞ」

「わざとじゃないし、私たちのために朝早くからいろいろ動いてくれたじゃない。それに肌って言ったって、肩の辺りだけよ。胸もとはちゃんと隠してたと思うし——そうよね、千春くん？」

紬は身体を反らし、玄関のほうを見やる。

そこには千春が正座させられている。

「おう。見てないぜ。俺は何も見てない」

なぜか目をぎゅっと固く瞑っていて、紬の顔を見もしない。

こちらもこちらで紬は呆れてしまった。

「いくら蓮治さんに言われたからって、その通りに正座してることないわよ。ほら、寒いでしょ？　こっちに来て一緒に朝ごはんを頂きましょうよ」

いや、と千春はぶんぶんと首を横に振る。

「これは俺なりの反省と謝罪の気持ちだから。別に言われたからやってるってだけじゃねぇよ」

「もう、だから当の私がいいって言ってるのに……」

しかし千春は意地を張っているのか、目をきつく瞑ったまま顔まで逸らしてしまう。

紬は諦めて嘆息しつつ、ふと一抹の不安を覚えた。

（……まさか見えちゃいけないものが見えちゃってたから、その罪滅ぼしってわけじゃないわよね？）

とはいえ紬は図太さには定評があるほうである。それに相手は異性とはいえ、同い年にも拘らず何だか弟のように思えてしまう千春だ。まあいいか、と紬は目の前のおいしい朝食に集中することにした。

千春には申し訳ないけれど、蓮治が独占欲を見せてくれたのを嬉しく思ってしまったことだし。

老婆は蓮治が帝都では知らぬ者のないスタア俳優であることは知らないようで、こちらの仕事についても詳しいことまでは突っ込んでこない。蓮治もそれが心地好いようで、初対面の相手の家の中であるにも拘らずぴりぴりしたものは一切感じない。千春も千春で早朝から老婆の家事などを手伝っていたからだろう、老婆のほうも気負いなく紬たちと接してくれるのが嬉しかった。帝都から悪天候の中のこのこやって来て雪の中で立ち往生するなんて自業自得以外の何物でもないのだから、説教されたり、もっと雑に扱われたりしてもおかしくないはずなのに。

（無事に戻ったら、おばあちゃんに山ほどお礼をしなくちゃね。新帝劇の新作公演にご招待……は移動が大変すぎて却ってご迷惑かしら）

温かい食卓にほっこりと心身を癒されながら、紬は微笑んだ。一時はどうなることかと思ったが、幸い今は休暇中だ。時間に追われているわけでもないので、不慮の事態でも心に余裕を持っていられるのがありがたい。

帝都に戻りさえしたら、流石にしばらくは波風のない平穏な生活を送れるだろう、と
――このときの紬は本気で思っていた。

今までの紬自身の人生を顧みても、何かひとつ事件が起きれば必ずその後にも立て続けに様々な事件が起こるということなど、容易に想像がついたはずなのに。目の前の非日常に惑わされてしまって、そこまで考えが及ばなかったのである。

今はそんなことよりも、紬の頭の中にある悩みごとといえば、達成できなかった目的のことだけだった。

（せっかく兄弟の仲が縮まる絶好の機会だったのに。絵葉書を買えなかったのが本当に残念だわ……）

＊＊＊

代替車両で無事に鉄道の駅まで辿り着いた紬たちは、そのまま鉄道で一路帝都まで戻った。

あの老婆には後日お礼を手配することになった。そのために名前と住所を訊いたら、老婆は恐縮しきってしまってなかなか教えてくれなかったけれど、紬と千春が揃って頼み込んだらようやく折れてくれたのだ。老婆曰く、容姿はまったく違うけれど雰囲気が孫たち

に似ているのだそうだ。孫たちが結婚して家庭を持ってからは、冬は雪深く交通の便が悪いこともあってなかなか気軽に来てもらうのも気が引けて、すっかり疎遠になってしまったのだそうである。だから不慮の事態であっても紬たちが老婆を頼ってきてくれて嬉しかったのだ、と。

優しい老婆に別れを告げた帰りの旅路は、何だか寂しいような切ないような気持ちでいっぱいだった。だから蓮治が妙に静かだったことに対して紬は、それを不審に思ったりはしなかった。

異変に気づいたのは、東京駅から千春の運転で自宅に戻ってきて、荷物を玄関へ運び込み、車に乗って去っていく千春を見送った後だ。

さて気合いを入れて荷解きせねば、と腕捲りをしながら紬が家に戻ると、蓮治が居間の長椅子の上でぐったりしていた。そこで寝そべっているだけならばいつものことなので変に気に留めたりしないが、蓮治は基本的に必要があるときにはてきぱき動くほうだ。公演中で疲れて帰宅したときであっても、片付けなければならない荷物がある場合はそれをある程度片付けてしまうまで意地でも座らない。一度座ってしまったら根っこが生えてしまうのがわかりきっているから、らしい。

その蓮治が今まさに長椅子に根っこを生やしている。

流石に長旅が堪えたのだろうか。紬や千春だって公演期間中も働いていたけれど、身体の疲れ具合など蓮治とは比べるべくもないし、常に張り詰めた緊張感により精神的にも疲労が溜まっているはずである。

（このまま休ませてあげたいけど……）

荷物は紬が何とかするからいいとして、長い間空けていた家はこの寒空の下で冷え切っている。あの大雪の中よりは遙かにましなのは確かだが、だからと言って今の寒さがなかったことにはならないのだ。

紬は少し考えて、蓮治に毛布をかけてやるか、それともいっそ寝室で寝るよう促すかで迷った。疲れているならこのまま邪魔しないでいてやりたいが、それで具合が悪くなってしまうようなことになったらますます可哀想だ。

「誠一郎さん、ほら、寝るならお布団に行ってってちょうだい」

荷物を玄関から居間に運びながら声をかけてみるが、蓮治は動かない。

（もしかしてもう寝ちゃった？）

一人で眠るということが不可能に近い蓮治に限って、とふと不安を覚えて長椅子に歩み寄る。

「誠一郎さん？」

蓮治の顔を覗き込み、紬は仰天した。彼の顔が真っ赤に上気し、呼吸が荒く乱れているのだ。慌てて額に手を当ててみるとかなり熱い。

「せ、せ、誠一郎さん、お、おね、お熱が」

紬は激しく動揺した。

というのも、蓮治は実はこう見えて身体がものすごく丈夫なのだ。見た目だけなら、母親譲りの白い肌に青い瞳、着痩せする長身の身体はどこか儚げですらある。しかし夜も満足に眠らない、食事もたびたび雑に済ませたり取らなかったり、という紬からすれば信じられないほど不健康な暮らしを続けていたにも拘らず、風邪ひとつ引いたところを見たことがない。毎日身体を動かしているからとはいえ、羨ましいほどの健康体である。

紬は蓮治の傍でそんな様子を見るにつけ、これもスタアになる人が持つ才能のひとつなのだなと強く感じていた。

蓮治の日々の努力が彼をスタアの座に押し上げたのはもちろん言うまでもないが、彼にはそもそも生まれつきその素養があったのだということも否定できない。そのひとつが、繊細に管理をしなくても健康を保てる強靭な身体だ。これは誰もが持てるものではもちろんない。そしてそこに彼の血の滲むような努力が合わさり、今の月城蓮治が出来上がったのだ。

その蓮治が、まさかの風邪らしき症状で苦しんでいるのである。

あまりにも信じられない事態に、紬は頭が真っ白になったまま玄関と居間と寝室とをうろうろと何往復もし、自分は今まず何をすべきなのかと探し回った。辺りのものを見回しているようでいて、実際のところ目は完全に滑ってしまっていて情報は何ひとつ頭に入ってこない。

何度目かの往復で寝室に入り、寝台をまじまじと見た瞬間――紬の脳内に雷のような衝撃が走った。

あの雪国での鮮明な記憶とともに。

（まさか……今度は私が人肌で誠一郎さんをあっためてあげる番ってこと!?）

……その後間もなく、とりあえず蓮治を毛布なり布団なりで温めつつ劇場かかりつけの医者を呼べばいいのだと思いつくことができたものの、それまでの間、紬は斜め上方向の混乱に陥り続けていたのだった。

「――どうもお世話様でした」

玄関先で医者を見送り、紬は深く頭を下げた。顔を上げて、ふう、と一息つく。

（ただの風邪でよかったわ。きっと疲れが溜まっていたところに環境の変化があったせいだってお医者様も仰っていたし）

二週間以上も舞台の主役を務めた後に大雪の中を彷徨い歩けば、いかな蓮治とて風邪のひとつも引こうというものだ。

冷え切った紬を温めるために蓮治も一晩中裸だったせいかもしれないとは、今は考えないでおく。

幸い薬を飲んで安静にすれば問題なく治ると医者からお墨付きをもらったし、とりあえずは一安心だ。さて蓮治の看病をしつつ改めて溜まった荷解きに取り掛かろうか、と紬が家の中に入ろうとしたときだ。

ふと、表の通りに面した生垣の向こうから、誰かがこちらを窺っている気がした。何となくそちらを目で追うが、人の気配はすぐにいなくなってしまう。

(……？　気のせいかしら？)

この家に引っ越してきた当初は、その経緯も相まってすわ報道記者かと身構えたものだが、近頃はすこぶる平和だ。たまに蓮治と紬の私生活を窺おうとする者も皆無というわけではないが、もはや紬も慣れてしまっている。

そんなわけだから、紬は深く考えず、このことはすぐに忘れた。何しろ家の中にはやらねばならないことが山積みなのだ。

(本当に休暇が始まったばかりでよかったわ)

寝室を覗くと、蓮治はよく眠っている。診察中は目覚めていて苦しげに顔を顰めたりもしていたのだが、寝付けたようでよかったと思う。額に載せた濡れ布巾が少しずれていたので直してやってから、寝室を出て、家のことに取り掛かる。

家の中がしんと静かだ。二人で家にいるのにこんなに静かだなんて。何だか一人きりで家にいるときよりも心細い。

(……新潟に行く前にお野菜とか全部使っちゃったから、お買い物にも行かないと。卵を入れたお雑炊とかおうどんなら誠一郎さんも食べられるかな)

少しの時間とはいえ家に蓮治一人残して行くのは心配だけれど、こればかりは仕方ない。辛そうな蓮治の寝顔を思い出すと、紬も辛い。早く治るように、休める環境はできる限りしっかり整えてあげたい。

「……あ」

紬は荷解きの手を止めた。

（私をあったためてくれたあの日の誠一郎さんも……ひょっとして、こんな気持ちでいてくれたのかしら）

再び手を動かし、溜まった洗濯物を選り分ける。普段なら気合いを入れ直さないとならない量だが、今は胸の奥に灯った温かい愛しさで、何の苦もなくさくさくと動ける感じがする。

家の中は依然静かだ。同じ部屋の中に蓮治がいなくて寂しいのも変わってはいない。けれど壁を隔てて確かに感じる蓮治の気配と息遣いが、言葉はなくとも何だか紬を頼ってくれているように思えてくる。

そこからの紬の行動は、新帝國劇場の舞台裏もかくやという鮮やかさだった。

まずてきぱきと二人分の荷解きを終え、明日の朝洗う分の洗濯物を一ヶ所にまとめる。間髪入れずに鞄類をすべて布巾で拭き、風通しのいい部屋で干す。家中の窓という窓を開けて換気して、約一ヶ月分の埃を溜め込んだ家を念入りに掃除する。蓮治の風邪をもらって紬まで倒れてしまうのを防ぐためだ。

驚くほどの集中力で掃除を終えた後、二階の庭に面した部屋の窓を閉めようとしたところで、家の前に見覚えのある車が停まっているのに気が付いた。窓から身を乗り出すと、車から降りてきた運転手も紬に気づく。

「紬ー！」

「千春くん？　どうしたの？」

これ、と千春は座席から引っ張り出した荷物を示す。

階下に降りて玄関に出ると、千春が持ってきた荷物を玄関にまで入れてくれているところだった。

袋や風呂敷包みの中を覗き込むと、そこには卵や野菜などいろいろな食材が入っている。

驚いて千春の顔を見ると、彼はやや目を逸らし、がしがしと頭を掻いた。

「劇場の運営さんから聞いたんだよ。月城さん、風邪で寝込んでるんだって？　家空けてたし、食うもんなくて困ってるかもと思ってさ」

紬は目を見開いてまじまじと千春を見つめてしまった。

「こんなに神様みたいにできた人、本当に存在するのね……」

「は？　何言ってんだよ」

「千春くんだって長旅の後で疲れてるのに、蓮治さんのためにわざわざこんなに持ってきてくれるなんて」

すると千春はちらりと紬を見返してくる。

「……別に月城さんのためじゃねぇよ」

「え？　だって」

「月城さんだって俺に世話されたって知ったら気分悪いだろ。俺のこと煙たがっててんだからさ」

寝耳に水のことを言われて、紬の目が点になった。

「……なんですって？」

俺だって、と千春は続ける。

「仕事だから月城さんのために動いてるけど、本当は……今だって……」

千春の双眸がじっと紬を見つめる。その手が紬の頬の辺りに伸びてくる。けれどその指先は肌に触れる直前で引っ込められた。紬はその手を何となく目で追ってしまう。

手は結局、千春自身の頭をまたがしがしと掻いた。そのまま踵を返して出ていこうとするので、紬は慌ててその背中に声を掛ける。

「あ――ありがとう。本当に助かったわ。千春くんにはいつも助けられてばっかりね」

千春はこちらを振り向かないまま、片手を上げてひらひらと振った。そのまま通りに停めた車のほうへと立ち去ってしまう。

何となくその背中をずっと見送ってしまってから、紬は小首を傾げた。

（……千春くん、何か他に言いたいことがあったんじゃないの？）

足もとに置かれた、新鮮な食材がたっぷり入った袋と風呂敷包みを拾い上げる。まるで千春と蓮治が互いにいがみ合っているような言い方だったけれど、こんなに親切な行動、本当に仲が悪い相手の家にわざわざ来てまでするはずがないではないか。

玄関から寝室のほうを見やりながら、紬は呟いた。

「……そんなに心配なら、一目だけでも顔を見て行けばいいのに」

蓮治はそのまま半日眠り、やがてとっぷりと日が暮れた頃に目を覚ました。

厠に起きてきたので念のため戸まで付き添い、寝室に戻ったあとも甲斐甲斐しく額の手拭いを濡らし直す。腹が減ったと言うので、作っておいた粥を温め直して溶き卵を入れ、青ねぎを散らす。

粥の椀と白湯を載せた盆を持って寝室に戻ると、蓮治は待ちかねたようにぱっとこちらを向いた。枕もとの小さな台に盆を置いて寝台に腰掛け、匙で粥を掬う。ふうふうと何度か息を吹きかけて冷まし、蓮治の口もとに差し出すと、蓮治は何の文句も抵抗もなく、当たり前のように口を開けた。

完璧な色と形、そして適度な薄さのその唇に、匙が吸い込まれる。

視界に入っているのは極めて耽美な光景だが、紬の頭の中には、親鳥から餌をもらう雛の姿が思い浮かんでいた。

「どう？　もっと食べられそう？」

問うと蓮治は咀嚼しながら、ああ、と頷いた。そしてまた口を開けるので、紬はまた親鳥の気持ちで匙に載せた粥を食べさせる。

「こんなに食欲があるなら、きっとすぐに治るわね。咳も全然出てないし。ほら、お白湯も飲んで」

　手のひらで額に触れてみると、まだ完全に下がったとまではいかないが、昼間の熱さよりは大分ましになっている。

　蓮治は紬から白湯の入った湯呑みを受け取りながら、少し眉を顰めた。

「発熱してる間に咳が出ない風邪は大抵、熱が下がってから喉に来るから厄介なんだ」

　あら、と紬は首を傾げる。

「誠一郎さんって人生で風邪なんてほとんど引いたことなさそうだと思ってたのに」

「俺はな。だが子どもの頃、宗二郎がよくそういう風邪を引いてたんだ。あいつは身体が弱かったから」

「そうなのね」

　と頷きつつ、紬は胸中でこっそり微笑んだ。

（また弟さんのこと思い出して、優しい目になってる）

　きっと宗二郎氏が風邪を引くたびに、幼い蓮治は心配して甲斐甲斐しく世話をしていたのだろう。

　とはいえ蓮治の言い分はちょっと疑わしいなとも感じている紬である。蓮治に比べれば紬を含め大抵の人間は身体が弱いという相対評価になるだろうからだ。実際の宗二郎氏は極めて普通の健康具合だという気がしてならない。会ったことがないのでわからないが。

　匙に卵を多めに載せた一口を作りつつ、紬はぽつりと呟いた。

「……弟さんが欲しがってた絵葉書、出せなかったわね。ごめんなさい」

「なんでお前が謝るんだ？」

「だって、私が体調を崩しちゃったから。帰りに売店を探せたかもしれなかったのに」

「あの雪じゃどのみち無理だっただろ。第一、冬の間は観光客向けの売店は閉まってるって言ってたしな。でもまぁ、強いて言えば佐倉の運転が悪い」

「もう、誠一郎さんったら」

憎まれ口を叩きつつも、本気で千春が悪いとは思っていないだろう。これが蓮治の、他人に対しての普通の接し方なのだ。千春は蓮治に疎ましがられていると思い込んでいたようだけれど、そうではないのだと何とかわかってもらえるといいのだが。

というか、と蓮治は匙を噛みながら続ける。

「一番悪いのはこんな時期にあんな場所の消印の絵葉書を欲しがった宗二郎だろ。そんなにこだわっている場所なら、どう考えても今の季節は無理だってことはわかってただろうに」

「そうかしら。東京の冬の寒さを基準に考えてたらきっとわからないわよ。雪の中で車を走らせると車輪がどうなるかなんて、私も実際に目の前で見るまで知らなかったし」

紬は寝ている間に少し汗をかいた蓮治の前髪を指先で梳いた。

「誠一郎さんだって、弟さんに頼ってもらえて内心嬉しかったでしょ？」

蓮治は憮然としてうんともすんとも言わない。これは肯定ということだ。

「きっと弟さんのほうも、甘えられる口実を見つけて嬉しかったはずだわ。誠一郎さんみたいにね」

「……あの宗二郎が……？」

蓮治は疑わしげに呻いているが、紬は強く頷いた。

「だから何にしても手紙のお返事は出してあげたほうがいいと思うわ。今回は雪国の絵葉書じゃなくなっちゃっても、いいじゃない、次の機会に楽しみを持ち越しただけだと思えば。またどこか別の場所に出かけることがあったらその時に絵葉書を送ってあげてもいいわけだしね」

しかし蓮治はやはり気乗りはしない様子だ。

風邪のせいでいつもより意固地になっているだけなのか、それとも兄弟の確執がそう簡単には解決できないほど根深いものなのか。しかし歩み寄りたいという気持ちが互いに少しでもあるのなら、解決する方法はとにかく一歩ずつでも、あるいは半歩ずつでも、その また半歩ずつであったって実際に歩み寄っていくことしかないように思う。

蓮治が粥を食べる意思をそれ以上示さなくなってしまったので、紬は小さく嘆息して、粥の碗を盆に戻した。白湯を注ぎ直し、薬と一緒に蓮治に手渡す。

「何にしても、今はまず休むことを考えて。せっかくの休暇を寝て過ごすのはもったいないわよ」

「……ああ」

そう短く答えたきり、蓮治は黙り込んでしまう。すぐには気持ちを切り替えられないのだろう。紬はまだ彼の弟の話はすべきではなかったかと少し後悔した。体調の悪いときに、余計な負担をかけてしまったかもしれない。

蓮治が薬を飲むのを見届けてから、紬は彼が横になるのを手助けしてやった。熱はかなり下がったとはいえやはりまだ起き上がっているのは辛いのだろう、すぐに目を閉じてしまう。布団から出ている彼の手を握ってみると、こちらの手を握り返してきた。その反応に心が温まるのと同時に、幼子のような彼の仕草が少し切なくもある。

「大丈夫よ。眠るまでここにいてあげるわ」

風邪がうつって紬まで倒れてしまうわけにはいかないから、いつものように添い寝をしてやるわけにはいかないけれど、それでもできる限り傍にいたい。

やはり身体が辛いのか、蓮治はもう微睡み始めている。

「……今日は傍にいなくていい。お前がまた寝込むのは嫌だ」

そう言う割に紬の手を離そうとはしない。

髪を優しく撫でていると、程なく寝息が聞こえてきた。起こしてしまわないように、紬は自分の手をそっと蓮治の手の中から抜き取る。そのまま手を宥めるようにぽんぽんと撫でてから、盆を持って部屋を出る。

今は穏やかに休める場所を彼に与えてあげることこそが、ただひとつ紬にできることだ。

翌朝は、熱もすっかり下がって暇を持て余した蓮治が薄着で居間の長椅子に寝そべっているのを起き抜けに目撃した紬が悲鳴を上げる、という賑やかな幕開けだった。

暑い、暇だと文句を連ねる蓮治を寝室の布団の中に押し込み、薬を飲ませる。

「もうほとんど治ってるのになんで寝てなきゃならないんだ」

「あのね、治りかけが一番ぶり返しやすいのよ。今ちゃんと治さずにいて、辛くて苦しくて暑くて暇な時間が長引いてもいいわけ？」

「大体もう寝るのは無理だぞ。全然眠くない」

「眠れなくてもあったかくして横になってないとだめなの！　ほら、本ならいくらでも読んでていいから」

蓮治の枕もとに山ほど本を積んでから、実に不満そうにこちらを見上げてきている蓮治の目を見つめ返す。

その無言の訴えに負けそうな己を何とか叱咤して、紬は蓮治の手を握った。

「あと一日だけでいいから休んでちょうだい。誠一郎さんの辛そうな姿をこれ以上見ることになったら私、胸が張り裂けそうよ」

ぽん、ぽん、と幼子にするように握った手を軽く叩く。すると不満そうな表情を崩さなかった蓮治の目もとが徐々に緩んでくる。程なくしてその目はとろんと眠たそうなものに変わっていく。

ほらね、と紬はその可愛らしさに内心吹き出した。

（まだ治ってないんだもの。心配しなくてもちゃんと眠れるわよ）

長い間自力で眠ることができなかった蓮治が、久しぶりにちゃんと寝られるのが病のせいというのは皮肉なものだ。けれどもしかしたらこれを機に眠るためのこつのようなものを取り戻して、少しは眠れるように改善していくかもしれない。

何事にもよい道が続いている可能性はある、というのが紬の持論だ。

すっかり眠りに就いた蓮治の、長い睫毛に縁取られた瞼にすっと美しく通った鼻梁《びりょう》を見つめる。呑気にその美しさを噛み締められるほどには蓮治が回復してくれてよかったと思う。

気の済むまで目の前の美を堪能した後、紬は寝室を出た。この分だと昼食は普通の献立を一緒に食べられるかもしれないなと胸を弾ませつつ、溜まっていた洗濯をするために庭に出る。

と――また通りに面した生垣の向こうから視線を感じた気がして、顔を上げた。

今度は気のせいなどではないとすぐにわかった。なぜなら視線を向けてきていたのであろう張本人が、時村邸の敷地内に入ってきたからだ。

朝の炊事をしてそのまま家を出てきたような襷掛けに前掛け、頭には三角巾という出で立ちの、紬の母親ほどの年頃の女だ。そんな格好にも拘わらず、どことなく気品のようなものを感じる。彼女は通りをきょろきょろと見回すような素振りを見せると、まっすぐにこちらに歩み寄ってきた。口もとはにこやかに笑みを浮かべているが、目は笑っていない。

見覚えのある女だったので、紬は微笑んで頭を下げた。

「おはようございます、郷田《ごうだ》さん」

頭を下げつつも、内心で冷や汗が出る。道端でお巡りさんとすれ違ったとき、何も悪いことはしていないのに背筋が伸びてしまう、あの心情に近い。

この郷田某《なにがし》という女性は、紬たちが暮らすこの地区の町内会長の妻なのだ。本来ならばこの地区の住民は半強制的に町内会へ入らなければならないらしいが、紬たちは新帝劇による蓮治への防護壁のようなものによって例外的に免除されている。そしてその特別扱いを良く思っていない人たちがいるのも確かで、遠巻きにだがこれ見よがしに紬のほうを見てひそひそと噂話をされることもある。その筆頭がこの郷田なのだった。

郷田の夫の家は代々地元の名士であるらしい。夫本人は地方出身だそうなのだが、母方の伯父がこの辺りの権力者で、子がないため甥を我が子のように可愛がり、自分の跡を継がせたとか。郷田夫人はそれを大変鼻にかけていて、この地区の女主人のように振る舞い、そして周囲はそれに追従しているらしい。聞いた話だが。

今の家は劇場からも程よい距離で気に入ってはいるものの、こういう面での息苦しさをいつまでも見て見ぬふりはできない。とは言えわざわざ引っ越すほどの問題でもないと放置していたのだ。

ついに来た、と紬が身体を強張らせていると、郷田はじろじろと無遠慮に紬を見て、そしてじろじろと無遠慮に家や庭を見た。

「あの……何かご用でしょうか？」

さすがに緊張感に耐えかねて紬が問うと、郷田はやはり口もとだけでにっこりと笑った。濃いばかりの紅と、笑っていない目もととの対比が、こう言っては何だが大変不気味だ。

「今日はあの風体の悪い運転手の男はいないのね？」

確信を持って問うてくる。さっきからずっとそれを確認していたのか、と腹に落ちた反面、千春を面と向かって風体悪い呼ばわりされたことにさすがにむっとしてしまった。それを表に出さないように努めながら、紬はよそ行きの笑顔と一段高い声で答える。

「彼にご用ですか？」

千春の仕事は基本的に紬や蓮治と一蓮托生なので、紬たちが休みであれば千春も休みだ。新潟公演後のように追加で仕事をお願いしたり、昨日のように彼が自主的に来てくれたりするのであればその限りではないが。

それを部外者である人物にどう説明したものかと考えていると、郷田は首を横に振った。

「いいえ。あなたに用があるのよ、時村さん」

——何だか覚えのある流れだな、と背中に冷や汗が伝った。

以前、大きな嵐がやってきて、散々引っ掻き回すだけ引っ掻き回して去っていった、その始まりの台詞も似たような言葉だった気がする。

郷田はすいと通りのほうを指差した。そこには街路樹と、それを囲む煉瓦造りの花壇がある。今はきれいに補修されているが、間違いなく紬が車の物損事故を起こしたあの花壇だ。

「あたし、あの日見ていたの。あなたが起こしたあの事故を」

至って穏やかな口調で発せられたその言葉に、紬は内心、ひっと悲鳴を上げた。

「そ――そうだったんですか、あはは」

「ええ、そうだったのよ」

笑って誤魔化そうとしたが、鸚鵡返しされてしまっては口を噤むしかない。

黙り込む紬を、郷田は冷ややかな目で値踏みするように見つめてくる。

「あの粉微塵になった花壇ね」

「は、はい」

「あれ、うちの持ち物なのよ。ここら一帯はうちの私有地なの」

背筋をさらに冷や汗がだらだらと流れる。

そういえばここに引っ越してきたときに、家の前の道は町内会長の土地だとかそんなことを聞いたような、聞かなかったような。どうせこの家にも長くは住めないだろうと思って聞き流してしまっていた気がする。

「修理費用は払っていただいたし、そちらのご主人とうちの主人との間で話もついたようだけれど。でも、わかるわよね？　自分が壊してしまったものを弁償するのは当然のことだし、直してもらったとはいえ、自分のものが他人に壊された心の痛みが消えるわけじゃない。補修されたとはいえ完全に元通りってわけでもない」

それは紬にも理解できる。だが郷田の言う通り、この件は互いの亭主の間で話がついたことなのだ。それをわざわざ蒸し返してくるなんて――とは、花壇を壊した張本人である紬には口が裂けても言えない。

郷田はじりじりと紬ににじり寄ってくる。否、物理的には両者とも一歩も動いていないのだが、心理的には紬は壁際に追い詰められていた。

「ただでさえ時村さんは、町内会の仕事も町内会費も免除された上でここに住んでおいでなんだから、それ相応に慎ましく暮らすべきではないかしらって、あたし思うのよね」

それもぐうの音も出ない正論だ。紬はもはや心理的には壁にめり込むほど詰め寄られている。

「華やかなお仕事をなさっている旦那さんがいるものだから、ご自身も華やかで特別扱いされて当然とお思いなのかもしれないけれど――ええ、いくら何でも現実はちゃんと直視なさっているわよね？」

歪曲でありつつも直球でもある嫌みに、しかし紬はやはり何も言い返すことはできなかった。そもそもは自分の運転が下手すぎたことが招いた事態だし、紬のせいで町内での蓮治の評価を下げるわけにはいかないのだ。

町内の人たちは蓮治が新帝國劇場のスタア俳優であることをもちろん知っているだろうが、表立って騒いだり、家の中を覗きに来たりしているところは紬は見たことがない。それは彼らの矜持《きょうじ》がそうさせるのかもしれないし、単に蓮治が基本的には劇場に入り浸っていて自宅にはほとんど寝に帰るだけということが多いから、付き添う紬も自然同じような生活時間になり、誰かが家を覗いていようとも気づいていないだけという可能性もある。

けれど、仮にそうであったとしても、蓮治が周囲の雑音に悩まされることなく仕事に集中できる住環境であることは事実なのだ。この先また引っ越す羽目になるような出来事があるまでは――今までのように一部の過激な贔屓筋や記者に自宅を突き止められて家の前で張られたり、追いかけ回されたりしない限りは――、できることなら今の環境をみすみす手放したくはない。

勝利を悟ってか、郷田の紅い唇が弧を描いた。

「もうじき町内会の行事があるの。女性たちはみんな汁物を作ったり、おにぎりを握ったりと前日の夜から働き回るのよ。この地区に住んでいる女性たちは例外なく参加するわ。何事もなくここで暮らせている日頃の感謝を、皆さん喜んで示してくださるの」

それで、あなたは？　と詰問せんばかりのその眼差しに、紬はとうとう脳内で膝をついて項垂れた。完膚なきまでに壁にめり込んだままで。

「……わかりました……喜んでお手伝いさせていただきます……」

その日以来、紬は何かにつけて郷田に呼び出されるようになってしまった。

不幸にも紬は休暇中で、地方巡業公演の直後ということもあって蓮治もきちんと休暇を取れるように予め紬が彼の仕事を調整していたため、付き添って行かなければならない仕事も何もない。そのため紬の身体はがら空きであり、連日の郷田の呼び出しに応じざるを得ない状況だった。

ごく狭い範囲内の権力者の妻の常として、郷田は外面はとてもいい。玄関先にいた蓮治に対しても物腰柔らかく、いかにも紬とは年の離れた町内の友人だという顔をした。蓮治も蓮治で、相手が町内会長の夫人だということにはもちろん気づいていたが、そういうものか、と納得しているようだった。妻の私的な交友関係にまで口出ししないというのは夫として素晴らしい姿勢だが、今回ばかりは紬は内心で助けを求めてしまった。

（お願いだからいつもの王様感を出してぇ！　妻の交友関係に口も顔も出す面倒な夫になってぇー！）

しかしそんな心の叫びも虚しく、紬は今日も郷田の呼び出しに応じ、近所の奥様方とのお茶会に参加させられている。おべっかと腹の探り合いの応酬しか行われないその会において、にこにこ笑いながらお茶のお代わりを注いで回ったり、新しいお菓子を出してきたり、奥様方を序列順に褒めたりお世辞を言ったりするのが役目だ。

あとは毎日毎日繰り返される、郷田の同じ愚痴に付き合わされることも。

曰く、夫が義母と同居させようとしてくる、自分は嫌だと何度も言ってるのに、と。同じ話を何度も何度も聞かされて、そのたびに紬は今初めて聞いたかのように新鮮に反応してみせ、郷田に調子を合わせて「酷い話もあるんですねぇ」と頷くのだ。

（耐えるのよ、紬……！　これもすべて誠一郎さんのため！）

そして何より、そもそもは物損事故という自業自得極まることが招いた事態だ。耐えるしかない。

唯一の希望の光は、この状況にも目下の終わりが見えていることだった。次回公演の稽古が始まる時期になれば、紬は郷田が家に襲来するよりも早い時間に家を出て、劇場という安息の地で過ごすことができる。もし万が一捕まることがあっても、仕事に出かけようとしている相手をその夫の目の前で無理に引き留めたりはしないだろう。

それに郷田は千春に対してひどく苦手意識を持っているようで、彼が家に来ているときには、彼の姿を見るなり顔を顰めてそそくさと立ち去ってしまう。そういう日は紬は束の間の安息を得られるのだ。とはいえその後決まって「あんな見るからに育ちの悪そうなのを雇って家にまで入れるなんて」と紬に面と向かって言ってくるので、それはそれでうんざりしてしまうのだが。

人当たりがよく仕事もできる千春だが、外見だけならどことなく擦れたような雰囲気を漂わせているというのは、紬から見ても否めない。当の紬の彼に対する第一印象も似たようなものだったのだ。けれどそれを誰かに向かって口にしたことなど当然ない。

採用にあたって彼の基本的な情報にはもちろん紬も目を通している。それによると彼は先の震災で、両親を亡くしているらしい。その天涯孤独の身の上が彼に影を落としているのかもしれないな、と紬は思う。人と違う苦労は、その分、人と違う雰囲気をその当人に少なからず纏わせる気がするからだ。

だからこそ、千春のそんな事情を知らないとはいえ彼を揶揄するような郷田の言いように、紬は怒りと憤りを募らせていった。

日々こき使われ、神経を削って上部だけの笑顔で過ごし、身近な人へ向けられた嫌味の言葉に耐え、そしてそれを誰にも愚痴ることさえできない。そんな生活に、ただでさえ直情型の紬がいつまでも耐えられるはずがなかった。

身内に募らせた苛立ちを、紬は徐々に蓮治の前でも隠せなくなってきてしまった。千春の前でならまだ自分を取り繕える。彼は用があって家に来るだけなので、顔を合わせているのはごく短い時間だけだからだ。それも主に次の公演に関する仕事の準備に関することなので、紬も職業婦人としての姿勢を保つことができる。

けれど蓮治に対しては、なぜかだめだった。彼なら受け止めてくれるだろうという甘えなのか何なのか、自分でもよくわからない。が、どうしても言葉の端々に苛立ちが滲み出てしまうのだ。紬だってしたくてそうしているわけでは決してないのに。

「誠一郎さん、弟さんへのお返事は結局どうするか決めたの？」

次回公演のための資料を食卓に広げて鉛筆を動かしながら、紬は蓮治に問いかける。

蓮治はいつもの長椅子に寝そべって本を読んでいる。彼が読んでいる本は、次回公演の題材になっている西洋文学の原作だ。役作りのための勉強なのはわかりきっているにも拘らず、紬は、昼前から何を呑気に本なんて読んでるのよ、という気分になってしまった。普段なら絶対にそんな思考になったりはしないのに、蓄積した苛立ちは紬の思考回路を捻じくれたものにさせてしまったのだ。

　蓮治は本から目を離さない。

「今考えてる」

　ばんっ、と音を立てて紬は鉛筆を食卓の上に叩きつけた。

「今考えてる、ってそう言って何日経った？　せっかく弟さんのほうから歩み寄ろうとしてくれてるのに、さすがに誠意に欠けるって思わないの？」

「思わない」

「あーもう!!」

　紬は頭を抱えた。蓮治がああ言えばこう言うのは今に始まったことではない、言うまでもなく。けれどどこんなにもとりつく島もないと感じたのは初めてだ。

　紬が立ち上がって更に言い募ろうとしたその時、玄関のほうから、ごめんください、と呼ぶ声がして、紬は更に頭を抱えてしまった。毎日毎日聞き続けて神経を患いそうになる声だ。せっかく手をつけ始められた書類を急いで重ねて食卓の端に寄せ、居間を出て玄関へ走ろうとした背中に、蓮治の声が飛んでくる。

「また出かけるのか」

　紬は振り返る。蓮治はやはり本から目を離さないままだ。ここからでは本に隠れてしまって顔も見えない。

　普段の紬ならば、顔が見えないにも拘らず完璧な美を誇っている蓮治の姿の尊さに内心で膝をついて涙の一粒も零したことだろうが、今の紬には残念ながらそんな余裕は毛ほどもなかった。

蓮治はただ紬が出かけるかどうかを訊いてきただけなのに、紬は責められているように感じてしまったのだ。

（また⁉　またって何⁉　私が好きで出かけてるとでも思ってるわけ⁉　私が、私が――）

紬はどすどすと足音を立てながら長椅子に歩み寄り、叫んだ。

「――誰のために毎日毎日出かけてると思ってるのよ‼」

言い捨てて、紬は大きく深呼吸して気持ちを落ち着かせ、よそ行き用の笑みを顔に貼り付けた。そして一段高い声で、招かれざる客を出迎えに行った。

居間に残された蓮治は本を下ろし、紬が去ったほうを唖然とした顔で見送る。

「……まさか、俺のためか？　なんでだ？」

その呟きに答えるものはなく、一人きりの居間はただ静まりかえっていた。

郷田にこき使われ、夕方へとへとになって帰宅した紬は、台所に立って夕食の支度をしながらも募る苛立ちを抑えきれずにいた。

包丁をいつもより強くまな板に叩きつけたり、鍋をいつもより乱暴にかき回したりして何とか呼吸を整える。飛び散った出汁や食材の欠片をこのあと自分が片付けるのだということからはとりあえず目を逸らしておく。

昼間蓮治に八つ当たりしてしまったことが、今になってじわじわと紬の精神を蝕んでくる。郷田に従っているのは蓮治のために仕方なくではあるけれど、紬の意思であることには間違いないし、そもそも郷田に付け入る隙を与えてしまったのは紬の落ち度だ。

食卓で向かい合っての食事中、蓮治は昼間のことを何も言ってはこなかった。昼間できなかった仕事の話を紬もしておきたかったので、半分仕事のような感覚でいられたのは、今の紬には正直とてもありがたかった。

そんな多忙極まる毎日を過ごしているうちに、次回公演の稽古開始日——集合日がどんどん近づいてくる。紬が衣装部にいた頃であれば、いよいよ本格的に動き出す時期だ。というのも、俳優全員分の衣装の採寸は、稽古開始日よりも前に行われるからだ。大道具など製作に時間のかかるものがある場合はその部署も似たような時期に動き始める。

紬は部署異動して以来、採寸のために衣装部が集う日程あたりには、衣装部宛ての差し入れを欠かしたことがない。まだ見習いだった紬を快く送り出してくれた先輩方のために、ささやかでも何かできることはないかと考えた結果だ。

この習慣は個人的なものだから、仕事として千春に情報共有はしていない。蓮治は習慣自体は知ってはいるものの、紬が差し入れの手配を済ませたかどうかを無論いちいち確認してきたりはしない。

だから紬は、忙しさにかまけて衣装部への差し入れの手配をすっかり忘れてしまっているのを気づくことができなかった。手も回らなければ気も回らず、差し入れの存在を思い出すことすらできなかったのだ。日頃の習慣さえも記憶の彼方へ吹き飛ばされてしまうほど、郷田とその配下の奥様軍団の威力は絶大だったのである。

それが紬自身にも、その他の誰にも想像できなかったような影響を及ぼすなんて、この時の紬は思いもよらなかったが——しかしそれは確実に、音もなく忍び寄ってきていたのだ。


新帝國劇場内で衣装部が使っている部屋は便宜上、衣装部屋と呼ばれることが多い。

そこには歴代の公演で使用した衣装群が保管されていたり、衣装制作をするための作業台が敷き詰められていたりと、制作部屋と保管部屋が合体したような様相だ。

衣装部屋の中では飲食は厳禁である。万が一にも貴重な衣装に溢《こぼ》してだめにしてしまうことがあってはならないからだ。替えの利く類いのものならまだいいが、明日使う一着しかない衣装を汚しでもしたらと考えただけで、恐ろしくて衣装部の誰もそこで飲食しようなどとは考えない。そもそも衣装部の長である梶山が常に目を光らせているので、衣装部屋ではたとえ劇場の最高幹部であっても、それどころか出資者であろうとも飲食は許されないのだ。

衣装部屋の中はそんな厳しい環境ではあるものの、部屋を出たところにある休憩所では無論その限りではない。休憩所は共用の場所なので、衣装部だけではなく他部署も利用する。部署ごとに飲食物を置いておける場所があり、部署名が明記されているので、その部署専用の飲食物は他部署の者は勝手に食べたり飲んだりはできない仕組みだ。ちなみに部署ごとの持ち場の中でも、個人の飲食物には名前を書いておくのが常になっている。個人の名前が書いてある飲食物に誰かが勝手に手を付けたとなると戦になるのもまた常だ。

衣装部が次回公演のために集合してしばらく経ったある日、その休憩所の衣装部用の区画に差し入れが届いた。差出人の名前はないが、有名店の饅頭詰め合わせで、きっちり人数分用意されている。

普通は差出人の名入りののしが差し入れと一緒に置かれるが、のしが掛かっていない場合でも運営のほうで差出人は把握しているので、休憩所に置かれている品は基本的に遠慮なく頂いて問題ないものだ。だからその饅頭も、衣装部員のほぼ全員が一つずつありがたく受け取った。他部署でも出勤して作業している者もいたがそれぞれの作業部屋にこもっている時間だったのと、衣装部の全員が甘いものに目がなく皆すぐに饅頭を取っていったこともあり、他部署の者がこっそり盗み食いするということもなかった。

毎回この時期に紬から差し入れが届くというのを衣装部の誰もがわかっていたことと、加えて管理の厳重な劇場内ということもあり、誰もがそれを紬からの差し入れだと思い込み、何の警戒をすることもなかったのだ。

しかしその数時間後、衣装部のほぼ全員が体調不良で倒れてしまうという事態が起きた。嘔吐に下痢、そして高熱に見舞われ、最低でも一週間は安静にするようにと座付きの医師に言い渡されてしまったのである。どう見ても食あたりの症状で、社員食堂の昼の献立に魚が出ていたこともあり、原因はそれだろうと見当づけられた。実際には誰が何を食べたのかなんて、誰も呑気に報告できるような状況ではなかったのだ。

唯一食あたりの症状が出なかったのは、衣装部の長である梶山だけだった。彼女は作業中は休憩時間であっても一切ものを食べないという職人気質で、基本的に劇場内ではどんな小さなものであっても口にしないのだ。それもあって、社員食堂の一部の魚が傷んでいたのだろうという結論になったのである。

明日はもう集合日、つまり稽古開始日だ。新作公演の開幕まであと一月ほどしかない。

他部署の食あたりの経験者の中には、たった一週間ではふらついてしまって仕事には到底復帰できなかったと語る者もいる。自分はそれよりも早く治ったという者もいるが、これればかりは個人の臓腑の強さなどに依存するようだ。

こんな状態であるにも拘らず、衣装はまだ二割程度しか制作が進んでいない。勿論それだって計画通りの進行具合で、本来ならば何も問題はないはずなのだが、この時ばかりは劇場中に緊張が走った。

衣装部の全員が回復して再び揃ったとして、そこから衣装制作の続きに取り掛かったのでは到底間に合わない。急遽お針子を外部から雇うにしても、新帝國劇場の、というよりも梶山が定める水準の衣装を作り上げるのは外部の人間には不可能に近いと言ってもいい。梶山の好みや目指す方向性を熟知しているはずの衣装部員たちでさえ、制作した衣装が水準に達していないと判断され、本番でその衣装を使用してもらえないということが今までにも多々あったからだ。そういう時は梶山が自分で手直しなり作り直しなりをしていたが、当然こんな状況ではそんなことをしている時間の余裕はない。

その上梶山の職人気質は良くも悪くも働くので、出来の悪いお針子に自ら教えたりはしないのだ。報酬をもらっているのだから最低限できて当たり前、という考えなのである。だから外部のお針子を複数人雇うにしても、そのお針子たちを取りまとめ、なおかつ梶山の意向をしっかりと理解しお針子たちに周知できる、そんな人物が必要不可欠なのだ。

そんな人間がどこにいるのか、という絶望が劇場中に満ちた。

だから誰も、休憩所からあの差し入れの饅頭の空き箱が消え失せていたことに気づかなかったのだ。

＊＊＊

いよいよ次回公演の集合日が明日に迫った夜、紬は熱い茶を一口飲み、ぐったりと食卓に突っ伏した。

「やっとこの変に忙しい毎日から解放されるわ……」

向かいに座って茶菓子の練り切りをつついていた蓮治が、こちらを呆れたように見てくる。

「おい。明日から本格的に仕事なんだぞ」

「だからよ。やっと自分の仕事だけに集中できるぅ……」

ちなみにこの茶菓子は、郷田の取り巻き奥様軍団のうちの一人が手土産にとこっそり持たせてくれたものだ。少々頬を赤らめて「旦那様とどうぞ」と言ってくれたから、ひょっとすると新帝劇の演劇ファンなのかもしれない。

その旦那様はといえば、明日からの稽古に必要な準備はとうに終わらせて普段通りに過ごしている。月城蓮治ほどの役者ともなると私物は劇場内に我が物顔で置き放題だから、仕事に必要なものは仕事場に一通り揃っているし、もともと手荷物も少ないほうだ。前回の公演期間中に使い切ってしまったものや、地方公演のために一度持ち帰ったものなども、この休暇の間に紬と千春で手分けして運び込んでおいたから、何事もなければごく平和に、いつも通り稽古入りができるはずである。

「千春くんも明日からはいよいよ本格的に新帝劇勤務ね。初仕事が地方公演で、あんなに大変なことも乗り越えられたんだもの。これからは何があっても大丈夫そうだわ」

何しろこれからは決まった道の往復だし、雪道の運転の心配もなく、勝手知ったる街での仕事だ。

しかし蓮治は唇の端を悪戯っぽく吊り上げる。

「どうだろうな。また妙な奴と一騒動あるかもしれないぞ」

「嫌だ、なんでそんな不穏なこと言うのよ」

紬が思わず顔を顰めると、蓮治は菓子切りの先を練り切りに突き刺した。上部にあしらわれた梅の花の形が無惨に崩れる。

「思い出してみろよ。今までどんな奴らが公演のたびに俺たちの前に現れてきたか」

言われて紬は腕組みをし、首を傾げてみる。

昔の恋人の登場にあわや離婚の危機かと思われたが、何だかんだちょっと変わっているだけで結局いい人だった、女優の姫咲《ひめさき》まり。

尖った若手の登場にあわや稽古場の空気が地獄になるかと思われたが、何だかんだ同じスタアを推す仲間だった、役者の鈴木《すずき》龍《りゅう》ノ進《のしん》。

紬が直接被害を受けた相手といえば、蓮治の過激な贔屓筋だった女性たちや、家の前で張り込んでいた記者たちだが、正直言ってあれはああいうひとかたまりとして認識していたので、個人の顔など覚えていないし、無論名前も一人も知らない。よって除外していいだろう。

「……？　別段、気にするような一騒動はなかったと思うけど」

「いや、あるだろ。豊崎《とよさき》の弟とか、英吉利人とか。あと佐倉とか」

「みんないい人たちじゃないのよ。っていうかなんで千春くんまでそこに入ってるの」

大体、と紬もようやく菓子切りを手に取る。

「仮にどんな人が出てきてどんな出来事が起こったって、ここしばらくの私の生活より断然楽しくてやりがいがある毎日であることは間違いないもの。何たって私は大スタア月城蓮治のマネージャーなのよ。どんと来なさいってなもんよ」

同じ蓮治のために奔走する日々でも、やはり稽古場や舞台で輝く月城蓮治の姿を見ていられる時間に敵うものはない。何度経験しても、集合日前日は胸が躍る。

するとと蓮治がその言葉に、ふと口もと緩めた。それは普段の蓮治の、どこか皮肉っぽい笑みではなく、純粋に溢れ出た微笑みに見えた。

紬は一瞬、蓮治のその表情に見惚れた。毎日毎晩顔を突き合わせているのに、好みど真ん中のこの顔を見飽きることなど一生ないような気がしてくる。

「……なによ?」

練り切りを切り分ける手を一瞬止めて問うと、蓮治の表情はまた悪戯っぽいものに戻ってしまった。

「いや。相変わらず一口がでかいと思ってな」

「んなっ……！　いいじゃないの別に！　結局全部お腹の中に入るんだから！」

紬が大きく切り分けた練り入りを菓子切りで突き刺し、いざ口に運ぼうとした、まさにその時だ。

玄関に設置してある電話が鳴った。

夕食後の遅い時間に電話がかかってくることはとても珍しい。よほどの急用でもない限り、電話をかけるほうも遠慮するのが普通だからだ。だから夜の空気の中に、その音はやけに耳をつんざくように響いてきた。

いやにこちらの胸を騒めかせるような、そんな音だ。

「誰かしら？　こんな時間に」

紬が席を立とうとすると、蓮治がそれを目顔で制した。蓮治が電話を取るのを、紬はつい廊下に顔を出して見守ってしまう。

（なんだか妙な胸騒ぎが……）

よもや紬の両親が事故に遭うというようなことから、明日からの稽古の台本が全編差し替えになるというようなことまで、あらゆる嫌な予感が高速で脳裏を駆け巡る。

すると蓮治が受話器を持ったまま、紬のほうを見て顎をしゃくった。紬がそちらへ向かうと、受話器を差し出してくる。

私？　と自分を指差して目で問うと、蓮治は神妙な顔で頷いた。紬は嫌な痛みまで出てきた心臓の鼓動を堪えつつ、受話器を受け取って努めて平静を装う。

「はい。お電話代わりました、時村紬でございま――」

「――小野寺さん！　よかったわ、繋がって」

耳に飛び込んできた声に、紬は目を丸くした。

「え？　その声……もしかして梶山さんですか？」

「ええ、いかにも梶山です。夜分遅くにごめんなさいね」

尊敬する元上長からの突然の電話に、久し振りに声を聞けて嬉しい気持ちとともに、なぜ衣装部の長から自宅へ電話が、と不安よりも混乱が上回る。

「月城さんへは後で改めてお詫び申し上げたく思うけれど、今はそんな場合ではありませんの。のっぴきならない事態が発生してしまって」

深刻そうなその声音に、紬は自然と衣装係見習いの頃を思い出して背筋を伸ばす。

「どうしたんですか？　一体何が……」

「あたくし一人の力じゃどうにもならないのです」

梶山はひとつ息を深く吸い、そして告げた。

「衣装部の長として、あなたに協力を要請します、小野寺紬さん。――どうか衣装部を助けてください」

「……はい!?」


梶山との通話を終え、受話器を置いた紬の顔はすっかり青ざめてしまっていた。

隣で待っていた蓮治のほうを、まるで油を差し忘れた絡繰《からく》りのように、ぎぎぎ、と首を回して振り返る。

「ど、……どどど、どど」

「何か差し迫ったことが起きたのはわかったから、とりあえず落ち着け」

蓮治が紬の固まった身体を抱き寄せ、落ち着かせるようにぽんぽんと背中を叩いてくれる。

だが落ち着いてなどいられない。今すぐ頭を抱えて座り込み、続けざまに針仕事の道具を一式抱えて家を飛び出し一刻も早く劇場に向かいたい気分だ。

紬のそんな衝動を知ってか知らずか、蓮治が紬の自由を奪うように抱きすくめる。

「ひとまず今夜は焦らず休むことだけ考えろ。明日に備える必要が出てきたんだろ」

「わ、わた、私……」

「落ち着け」

耳もとで囁かれ、ようやく身体の力が抜けてくる。

いい声に一瞬で腰砕けにされたとも言うが。

「何があったか順を追って話せ」

「い、衣装部の先輩方が、全員食あたりで嘔吐下痢を繰り返し、中には高熱がずっと下がらなくてうんうん呻いている人や、手桶を抱えて厠に何時間も籠ってる人も」

「そこは詳しく掘り下げなくていい」

「と、とにかくそんな状況で、明日はもう集合日なのに衣装制作に動けるのが梶山さん一人しかいなくて、その、外部から何人かお針子さんは来てくれるみたいだけど本番にすべてのお衣装を間に合わせるのは到底む、無理で……」

紬はかばっと顔を上げる。

血走った目をかっ開いた表情で。

「……梶山さんから名指しで、衣装制作を手伝ってほしいって言われたの！　名指しで！」

「名指しなのが嬉しいのはわかったから、とにかく落ち着いてくれ」

「これが落ち着いていられるもんですか！　だってあの厳しいことで有名な梶山さんよ!?

マネージャーに転向してからは対等に打ち合わせできるようにもなったけど、それはあくまでマネージャーとしてであって、衣装係としては私はまだまだ梶山さんの足もとにも、いえその足の下の土にも及ばないほどの見習いの身分だったのに！」

だけど、と紬はまた青ざめる。

「さすがにマネージャー業をしながら片手間に梶山さんの右腕としてお衣装を作るなんて無理だわ。だからって月城蓮治が出演する舞台で出演者の皆さんを水準以下のお衣装で板の上に立たせるなんて絶対に許されない所業だし……！　一体どうしたらいいの⁉　梶山さんのお眼鏡に叶うお針子さんを今から帝国中走り回って探すのと、私が二人に分裂する方法を探すのとどっちが早いかしら⁉」

また恐慌状態に陥りかけた紬の頭上で、蓮治が深く嘆息した。

そしておもむろに紬の耳に柔く噛みついてくる。

「――ぎゃっ⁉」

「落ち着けと言っただろう」

耳を押さえて真っ赤になり言葉を失う紬の背中を、蓮治はまたぽんぽんと叩く。

「お前は気にせず衣装部のほうへ行け。俺のほうは大丈夫だ」

「そ、そんなはずないじゃない！　絶対大丈夫じゃないわよ、何言ってるの⁉」

「そう力いっぱい否定されるとな……」

蓮治は憮然として呻いたが、心当たりがいくつもあるのだろう、否定してはこなかった。

代わりに今度は紬の後頭部を引き寄せ、そのままぐりぐりと頭を撫でてくる。

「佐倉に任せればいいだろ。どうせマネージャー業は分業制だったんだ、今回だけ奴に全部押し付けてしまえばいい」

え、と紬はやや素っ頓狂な声を上げてしまう。

「誠一郎さんはそれでいいの？　正直それが最善策だって真っ先に思ったけど、誠一郎さんが嫌がるかなと思って言わなかったのに」

「嫌は嫌だが、そうも言ってられないだろ、この状況じゃ」

蓮治は言って紬を放し、再び受話器を手に取る。

「どこにかけるの？」

「佐倉の下宿先」

よその家に電話をかけるには非常識な時間だが、状況が状況だけにもはや悠長なことは言っていられない。

蓮治は傍に置かれた電話帳を捲りながら呻いた。

「……言った矢先に、やっぱり一騒動あったな」


翌朝、千春はいつもよりも早い時間に血相を変えてすっ飛んできた。

衣装部と俳優とでは劇場に出勤する時間が異なるため、先に紬を、その後に蓮治を送迎するためだ。紬は自分は公共交通機関を使うからいいと言ったのだが、昨夜の電話でどうやら蓮治が千春にそうするよう言い付けていたらしい。

「ま、月城さんに念押しされなくてもそうするつもりでいたけどよ」

劇場までの道すがら、車を走らせながら千春が言う。

紬は衣装制作に必要な大荷物に埋もれながら後部座席だ。

「急なことでごめんね、千春くん。でも本当に助かったわ」

「お前が謝ることじゃねぇだろ」

どこか吐き捨てるようなその言葉に、紬は微笑む。

「そうね。じゃ、お礼だけ言うことにする」

昨夜の電話で急ぎの仕事については事前に紬から直接千春に伝えておいた。その他の仕事も今朝、蓮治専用の手帳ごと引き継いである。

「快くマネージャーを引き受けてくれてありがとう」

「構わねぇって。それに業務内容もわかんねぇことだらけだから、ちょくちょく衣装部に助けを求めに行くかも」

「あら、来てくれる分には歓迎よ。身体は衣装部屋から動かせないけど、耳と口ならいくらでも動かせるもの」

そう言って二人は笑い合う。

と――紬はふと、千春の笑顔がやや固いような気がした。冗談や軽口にはもっと屈託なく、くしゃっと笑う人だと思っていたのだけれど。

（さすがに緊張するわよね。運転手として雇われたのに、ようやく新帝劇で本格的に働き始められると思った矢先にいきなり臨時マネージャーだなんて言われたんだもの）

それでも突然のことを快く引き受けてくれる真面目さも、紬のことも蓮治のこともきちんと気遣ってくれる優しさも、千春には感謝しかない。あれよあれよという間に決まっていた人材だけれども、それが千春でよかったと心から思う。

これからしばらくは紬も寝る間も惜しんで衣装制作に没頭する生活だ。また以前のように、劇場に泊まりがけで作業をしなければならない日も増えるだろう。衣装部始まって以来の多忙を極める日々になることは恐らく間違いない。

そうなると蓮治にとっては眠れない日々が増える可能性が高い。けれど蓮治もそれは覚悟の上だと本人が言っていた。元の生活に戻るだけだから問題ない、とも。紬が傍にいられないことに申し訳なさを感じないように、そういう言い方をしてくれたのだ。

「本当に感謝してるわ。私も――それに口には出さないけど、間違いなく蓮治さんもね」

しみじみと告げたその言葉に、しかし千春はやはり緊張が拭えないのか、うん、と頷いただけだった。

劇場の前で車を降り、千春が降ろしてくれた荷物を受け取る。

時村邸に戻っていく車に手を振って、紬はさてと気合いを入れ直した。

衣装部員として新帝劇に出勤するのは久し振りだ。自然、新人の頃を思い出して身が引き締まる。

ちなみに服装は、マネージャーに転向してから制服のように着用していた今風のスカート・スーツではない。衣装部員だった頃の自分に倣って袴姿だ。休暇中も和装ではあったけれど、久々にこういう格好で出勤すると何だかこそばゆい。

マネージャーとして蓮治に帯同するようになってからは、稽古の集合日は紬にとっても一大行事だった。何せ演出家や脚本家、衣装部や床山の代表など主な制作陣に加え、出演者全員が一同に介して顔合わせをするからだ。特に主演やそれに近い俳優は皆の前で一言挨拶もせねばならないから、その文言を蓮治と一緒に考えるのも紬の仕事のひとつだった。あとは蓮治が恙無《つつがな》く稽古から本番までの期間を過ごせるよう、客演の俳優のマネージャーたちに挨拶回りをしたりといったことも重要だ。

だが下っ端の一衣装部員にとっては、集合日というのは普段と変わらない業務の一日でしかない。もともと衣装部からは長である梶山しか顔合わせに出席しないのが慣例だったし、顔合わせなどに使われる一番大きな稽古場は、衣装部屋からはやや離れている。同じ建物の中にいるにも拘らず、「言われてみれば遠くに人がいっぱいいるような気がするな」という程度だ。衣装が粗方形になるまでは稽古場に用事もないから、衣装部屋に籠ってひたすら針を動かすのみである。衣装部に限らず、裏方は職人の集まりなのだ。

そんな職人たちの領域に、紬は久方振りに足を踏み入れた。

ここに来るとやはり否応なく心が高揚する。

紬の人生において一番の望みは、舞台上で一等輝く月城蓮治の姿を見ることだ。彼を輝かせるための重要な部品の一つに自分がなれるというのなら、その場所はどこだって構わない。それも確かに紬の本心だ。

だけれども、針仕事に対する胸のときめきもまた、紬を構成する大事な一部分なのだった。

衣装部屋の扉を開く。奥の一際大きな作業台――いつもの定位置に梶山はいた。

彼女は紬の顔を見るなり、布を鋏で裁断していた手を止め、立ち上がった。

「……小野寺さん。よく来てくれました」

向かい合う者の背筋を容赦なく伸ばさせるような、ぴりっと厳しい普段の梶山とは違う。ほんの少しの柔らかい安堵を彼女はその声に滲ませた。

紬も梶山の顔を見たら、昨夜から感じていた焦燥感が和らぐのを感じた。間に合わなかったらどうしよう、果たして本当に自分が役に立てるのだろうか――そんな不安まで吹き飛んだのだ。

「梶山さん、またよろしくお願いします」

紬は梶山の隣の作業台を借りさせてもらうことにして、そこに荷物を置く。そして一息入れる間もなく、てきぱきと自分の仕事道具、そして筆記用具を広げ始めた。

「まず最初に全体の進捗を伺ってもいいですか？　その中で私が進めても差し支えない工程を教えてください。お針子さんたちがいらっしゃる時間になる前に、仕事の振り分けをすべて終わらせておきますから」

梶山はそんな紬をまじまじと見て、そしてその瞳に、いつもの真摯な闘志を浮かべた。

「よろしい。あたくしとあなたなら、この局面をきっと乗り越えられましてよ」

＊＊＊

紬を新帝國劇場に送り届けてから、千春はすぐに時村邸に取って返した。

蓮治が劇場に出勤する時間まではまだあと少しある。が、時村邸の前で待機しながらでも、紬から引き継いだ業務内容をひとつでも多く頭に叩き込まなくてはならない。何しろ引き継ぎを受けている間ずっと、頭がどこか上の空だったからだ。

細々とした業務量が思っていた以上に多く、「あいつはこんな仕事を一人でこなしてたのか」と紬に対して内心で舌を巻いたのもあるが、上の空だった理由は別に仕事量の多さではない。

通りの先に時村邸が見えてくる。その少し手前の路肩に車を止め、千春はハンドルに両腕を乗せた。

眉を顰め、大きく息を吐く。

「……食あたりだって？　衣装部全員が？」

紬から聞いた話によると、恐らくは社員食堂で出された魚が原因だろうという話になったらしい。それぐらいしかあたりそうな食材がなかったからだそうだ。現場でも、詳しい原因の究明よりも、いかにして衣装を開幕に間に合わせるかということに皆の頭が集中していたのだという。

しかし――紬はこうも言っていた。

衣装部屋から社員食堂までは微妙に遠回りで行くのが面倒くさいから、よっぽどのことがない限りはみんなお弁当を持参するか、あるいは外に食べに行くはずなのに、と。衣装部屋からは劇場内をぐるりと大回りして社員食堂に行くよりも、従業員通用口から出てすぐ傍の飲食店に行ったほうが遥《はる》かに近くて楽だからだ。忙しい衣装部員たちが、わざわざ揃って社員食堂に行くなんて考えられない、と。

千春はもう一度、今度は深く陰鬱《いんうつ》に嘆息する。

そして――とある人物のことを頭に浮かべた。

その人物は、千春がこの新帝國劇場で、月城蓮治の専属運転手として働くきっかけを作った人間だ。

と同時に、千春に昨日、あるひとつの業務を命じた人物でもある。

その業務とは、劇場内にある共用の休憩所、そこに設置されている衣装部宛ての差し入れ置き場に、その人物からの差し入れを匿名で置くことだったのだ。

「……いや、ねぇって。そんなことする意味もわかんねぇし」

千春はかぶりを振り、穏やかでない考えを頭から追い出そうとする。

しかし一度頭に浮かんでしまった疑念は、完全になくすことはできないものだ。それがどんな類いのものであれ。

　ぐしゃりと頭を掻いて、千春は項垂れた。

「……考えんな、俺。余計なこと考えんじゃねぇ」

言い聞かせるその言葉は、狭い密室の中だというのに、どこかへ儚く消えてしまいそうだ。

「あいつのために今俺ができることは、あの人に命じられる通りに働くことだけだ」

　強く断定するかのような語調のその言葉もやはり、ゆらゆらと不安定に消えていくばかりだった。


　新帝國劇場においては、あらゆるすべての部署が、公演という大河をともに流れる水の一粒だ。どの部署でどんな問題が発生していようとも、だから開幕までの日々は着々と進んでいく。

　衣装部で発生した新帝劇始まって以来の大問題は、部内で一番技術も経験もある長が無事だったことと、その右腕として強力な助っ人が入ったことで何とか事なきを得ようとしていた。外部から雇ったお針子たちも、この劇場での仕事経験こそないが、新帝劇があらゆる人脈を駆使して集めた人材である。単に数にものを言わせる作戦というだけでなく、皆よく紬の指示を理解し、迅速に作業を進めてくれた。

　外部からお針子を入れる際に一番の懸念点であった、『長の梶山が職人気質すぎて、いつも傍で働いている者にしか指示の意味が理解できないし、そもそも黙って待っていても指示はくれない』という点において、紬は最も適任だと言えた。もともと梶山の一番下っ端の弟子のような立場だったところに、劇場の看板スタアという帝都中で最も多忙な人間のうちの一人であろう蓮治のマネージャーとしての経験まで積んだのだ。梶山の意向を的確に理解し、整理し、効率よく進められるようお針子たちに指示をする。その傍ら、紬自身も頭数のひとつとなって作業に加わる。

外部から来てくれた人たちにまで劇場の社員のような激務を強いるわけにはいかないから、どんなに作業が切羽詰まっていたとしても、寝る間も惜しんで作業に没頭するのは紬と梶山だけだ。衣装部屋に居残って日付けが変わるまで手を動かし続け、限界が来たら劇場内の仮眠室で休む。そうして数時間後には、一番早く出勤してきた者よりも早く作業を再開する、という日々である。

紬は若さゆえの体力にものを言わせている部分もあるが、こんな大変な毎日であってもやる気はあり余っていた。大好きな衣装制作に久し振りに没頭できることが純粋に楽しくもあるし、蓮治の傍にずっといたことで、難局の荒波を自分の舵取りで乗り越えていくことに快感すら覚えるようになってしまっているようだ。

紬の母より少し若い梶山のほうも、紬よりも年齢が上であることを感じさせないほどの気力だった。体力的には歳若く近頃外回りも多かった紬よりは劣るけれども、それを恐るべき集中力でもって補っている形だ。体力が尽きようとも針を持つ手が止まる時など来ないのではないかとこちらに思わせる。鬼気迫る姿である。

そんな二人の姿を見て、外部のお針子たちの中にも、定時を過ぎても居残ってくれる者たちが増え始めた。紬は気にせず帰ってほしいと恐縮しきりだし、梶山も上長として給金分以上の働きはさせられないとぴしゃりと言い放ったのだが、彼女たちは「やりたくてやっているだけですから」と力強く微笑んだのだ。紬は心から感謝し、居残り組の給金に色を付けてもらえるよう劇場運営に交渉しようと決意した。こういう交渉も、下っ端の一見習いの立場では思い付きもしなかっただろうから、マネージャー業を経て得られた成果のひとつだ。

そうして一週間が過ぎ、二週間が過ぎ、稽古も順調に進んで中日を迎えた。

衣装部以外の部署は概ね普段通り恙無く準備が進んでおり、それは稽古場も同様だ。

千春が運転する車で、蓮治は今日も劇場へ向かう。車内でする会話と言えば、行きも帰りも業務連絡がほとんどだ。千春は紬からマネージャー業を引き継いだ最初の数日間こそ緊張からかがちがちに固まっていたが、見た目や物腰に反した丁寧な仕事ぶりで、特に大きな失敗もなくここまで来られている。無論、阿吽の呼吸で細やかに動いてくれる紬と比べたら雲泥の差だが――と蓮治は思いつつ、いつもと変わらない窓の外の景色を眺めていた。

そのままふと、思い浮かんだ疑問を口にする。

「佐倉」

「何すか」

「お前、なんで運転手の仕事なんてやろうと思ったんだ？」

え、と千春が返答に詰まる。こちらの意図が摑めないのだろう。

蓮治は窓の外から視線を外さないままに続ける。

「お前程度に動ける奴なら、他にも仕事はあっただろ」

「……それ、褒められてんすかね？」

「俺なら俺の専属運転手なんて御免だ」

紬は嬉々として蓮治の世話をしてくれるが、それは紬が蓮治の贔屓筋であり伴侶だからだ。紬の前任のマネージャーである竹田は、短くはない年月をともに過ごしてきたから今でこそ友人とも呼べる仲だが、最初はもちろん単なる人事の配置として蓮治の担当になっただけだった。

傲岸不遜《ごうがんふそん》な劇場の暴君を演じていた蓮治からしてみれば、この二人以外に自分の手綱を握れる奴はこの世に存在しないだろうと思う。無論、千春も然りだ。紬という緩衝材がいるからうまくいっているだけで。

少しでも業界内での月城蓮治の評判を耳にしていたのであれば、たとえどんなに条件がよかったとしても別の働き口を探すのが普通だろうと、蓮治自身ですら思う。運転手が決まったと聞かされた際、誰かを騙すか脅すかして無理やり連れてきたのかと内心疑ったほどだったのだから。

別に、と千春は視線を彷徨わせた。

一見、交差点を注意深く見ているような動作だ。だが蓮治には、それが横顔であっても、何かを誤魔化している時の人間の動きだと判別がついた。そのぐらいの見分けができる程度には、蓮治は今の地位を築くまでにそれなりの修羅場を潜り抜けてきている。

「金は必要じゃないすか、生きていくのに」

「だから、その手段が俺の運転手じゃなきゃならなかった理由は何だ」

「条件がよかったからですよ、単純に、他の仕事より」

「お前はそう欲深いほうには見えないがな。物欲もなさそうだし、食い物も質より量だし。吝嗇《りんしょく》家よろしく貯め込む理由でもあるのか？」

「別にケチってるわけじゃ――って、いいじゃないすか、俺の話なんて」

「この俺に関わる仕事を任せる相手だから訊いている」

千春は黙り込む。

蓮治は千春の横顔を見つめる。

「……なんで、今さらそんなこと訊くんすか」

「別に。今までお前に一切湧かなかった興味が、今急に湧いたんだ」

「一切ってさすがに酷くねっすか？」

「お前もそうじゃないのか？」

蓮治は鋭い視線を千春の横顔に向ける。それが見えているわけではないだろうが、千春は居心地悪げに身動ぎをした。

「本気で俺の運転手になろうとする奴なんて、よっぽどとち狂った贔屓筋か、さもなければ俺に一切興味がない奴かのどちらかだ」

「……別に、いいじゃないですか。仕事さえちゃんとしてりゃ」

「ああ。別に構わない。仕事さえちゃんとしているならな」

「だったらなんで——」

「お前が俺に近づいた本当の理由は何だ？」

鋭いその問いかけに、千春が唾を呑んだ。

「……は？　何すか？　それ」

「目的は紬か？」

え、と千春は目を丸くしてこちらを振り向いた。そして慌てて前方へと視線を戻す。

「んなわけないじゃないですか。誰が月城さんの奥さんだってわかってる相手を狙うんすか。いや考えただけで怖！」

本気で震え上がっているその様子に、蓮治は訝しげに目を細める。

「本心は」

「いや本心っすよ、これが！　そりゃ最初は結婚してるなんて知らなかったから可愛いなって思ったし、しばらくはちょっと諦めつかなかったけど——ってそうじゃなくて！　今のなしなし！」

「別に言うだけなら構わない」

「え？　だって……嫌じゃないんすか？　他の男が傍で自分の奥さん狙ってるなんて」

肩越しにこちらを窺ってくる千春に、蓮治は腕組みをし、大層高慢な態度で胸を張った。

「誰があいつに横恋慕しようが、あいつが惚れてるのは俺だけだからな」

「あ、そういう……」

千春は嘆息し、がっくりと肩を落とした。紬に同志か、いいところ弟のように扱われていることに、本人も気づいているのだろう。身の程を弁えているようで何よりだ、と蓮治は思う。

皇居日比谷濠沿いの通りに入り、程なく劇場が見えてくる。

これ以上の追求は一旦保留かと蓮治が思いかけたそのとき、千春は口を開いた。

「……俺にも養わなきゃならない相手がいる。だから金がいる、それだけっすよ」

蓮治は窓枠についていた頬杖を外し、思わず瞠目して千春を見る。

「でかい犬でも飼ってるのか？」

「なんでそうなるんすか。普通その流れだと『お前、実は嫁がいたのか』とか訊きません？」

「いるのか」

「いや、いないっすけど……そんなお義理で訊かれても虚しいだけなんで……」

何が不満なのかはわからないが、千春はまたため息を吐いた。

「……とにかく、必要な金を稼ぎたいだけなんで。紬に対して今も邪な気持ちがあるかもなんて疑わないでくださいよ」

「本心は」

「まあ月城さんがなんかやらかして紬に捨てられることがあったら、その時は俺がって妄想したりはしますけど――ってなしなし！　今のもなしで！」

その言いように、蓮治は逆に毒気を抜かれてしまった。今度はこちらが嘆息する番だ。

千春が紬を慕っているのは最初に出会った時から気づいていたことだし、わかった上で放置していた。今後もそれは変わらない。それは何だかんだと言いつつも千春が根は真面目で、慕う相手に不利益になるような真似をする男ではないと判断したからだ。そして千春と毎日の長い時間をともに過ごすにつけ、蓮治が下したその評価は恐らく間違ってはいないと思う。千春は紬を慕う限り、紬の意思を最大限に尊重するよう振る舞うだろう。強硬手段に出ることはおろか、想いを伝えることも恐らくは永劫ない。

蓮治は口の端を歪めるようにして笑みを浮かべた。

「そうか。なら俺は万が一にもそんなことにならないように、紬を今以上に愛してやらなきゃならないな」

「い、言わなくていいっすよ、そんなこと！　入り込む隙がないことなんて見てりゃわかるんで！」

蓮治の飾らない物言いに、千春は耳まで真っ赤にしている。千春のことは初対面の時からずっと気に入らないが、同時に憎めないと思っている所以はこういうところだ。

蓮治を乗せた車は今日も安全運転で、新帝國劇場に到着した。

このまま順調に稽古期間を駆け抜けられるだろう、問題なく開幕には間に合うだろうと、誰もが——衣装部に関わる人々までもが安堵し始めた、その矢先である。

その事件は、開幕まであと二週間を数日切った、ある夜半に起きた。

紬と梶山が、お針子たちの心強い協力のお陰で、遅い時間とはいえ久し振りに日付が変わる前に自宅へ帰れることになった、まさにその帰り道だ。

劇場から自宅へと向かう道のりのどこかの時点で、突如として、紬の足取りが途絶えてしまったのである。

第三章　彼方のよすが

その部屋は、暗い廊下に接した一面が、木製の格子によって覆われていた。

廊下に満ちる饐《す》えた闇は、その格子の小さな隙間から部屋の中にまで侵入してくる。だからこの部屋の中もいつも薄暗い。

否――この部屋の中に凝《こご》る闇の欠片が、廊下に漏れ出し、その隅で堆積しているのか。

その子どもは薄闇の真ん中で膝を抱えた。

五歳の子どもが一人でいるには、この部屋は広すぎる。物が何もないからだ。そんながらんどうの中に一人ぼっちはいかにも心許ない。そう思って以前は冷たい壁に寄りかかっていた。けれどずっと背中を付けていても少しも温まらない壁に凭《もた》れているよりも、天井に近い高い位置にある小窓から僅かばかりの陽光が差し込んでくる部屋の真ん中にいるほうが、まだしもましだといつしか気づいたのだ。

半地下であるここは、湿気が溜まってそこらじゅう年中黴《かび》臭い。夏は地上よりも暑さが和らぐし、冬は厳しい寒さが地上よりも少しましだけれど。

大人になれば、却ってこの場所が自分の心地好い隠れ家のように思えたりもするのだろうか。いや、いずれそんな日も来るだろうと確信すらしている。

このまま、自分の出来が悪い限りは。

このまま、この場所に何度も何度も閉じ込められ続けている限りは。

今はひたすら膝を抱えたまま、格子の隙間から暗い廊下を見つめ続ける。

稽古の最中に父親から竹刀で打たれた背中が痛む。子ども相手だから当然、父親だって相当力を加減しているのだが、まだ幼い心には身体の痛みよりも恐怖のほうが「痛い」という強い概念でもって刻まれてしまっている。

今夜はきっと夕食抜きだ。父親があんなにも厳しい顔で自分を叱責したのだから、明日までは許してもらえないだろう。

明朝までここで過ごさなければならないかもしれないと思った途端、そこらじゅうに凝る闇が怖くて堪らなくなった。こんな場所で、とても眠れるはずがない。

――なぜ黙っていた、と、先刻父親に怒鳴られた言葉が脳裏に蘇る。

実際に今聞こえているわけではないけれど、両手で強く耳を塞ぐ。小さな指先に、波打つ明るい栗色の髪が触れる。陽の光を浴びると金に透ける髪が。

今日の稽古は、普段は別のお教室に通っている子がたまたま受けにきていた。よくあることだ。自分だって父親の言いつけで、外のお教室に稽古をつけてもらいに行くことがたまにある。正確に言えば、兄のおまけとしてくっついて行くだけだけれど。

初めて会う外の子どもは、自分たち兄弟を見ると決まって、とても妙な顔をする。

大抵、女の子の場合は疑問を素直に口にする。「せいいちろうくんのおめめは、どうしてあおいの？」「そうじろうくんのかみのけは、どうしてちゃいろいの？」と。

そして男の子の場合は大抵、こうだ。「へんな目」「きもちわるいあたま」――と。

何を言われても、兄はどこ吹く風の涼しい顔だ。相手にしていないことも多いし、あまりに相手がしつこいときには、勝ち誇った笑みを浮かべて「うらやましいからってギャンギャンわめくなよ。いくらうるさくしたってお前は一生、こんなきれいな目になれないんだから、時間のむだだよ」とまで言い放つほどである。

兄だって幼い頃から、その目の色を理由に陰口を叩かれたりしたこともあれば、虐められたことだってある。それでも兄には生まれ持った自尊心の高さと、それを他者に納得させるしかない実力が備わっている。高慢な振る舞いは、周囲がうるさく囀《さえず》れば囀るほど却って磨かれていくのだ。

そして一番重要なのは、母親譲りのその青い目が、確かに兄にはこれ以上ないほど似合っているという点だった。

限りなく美しいものをその身体の一部に有するに相応しい存在なのだ、兄は。

自信もない、実力もない、兄に比べて何もかも劣っている自分と違って。

だから今日、外のお教室から稽古を受けに来ていた初対面の男の子に髪の色を揶揄われたとき、自分は何も言い返せなかった。自分なんて揶揄われても仕方ない、と思ってしまったから。

兄がそこらへんの奴らに何か悪い言葉を投げかけられるのは許せないけれど、自分は、そうされて当然だと常日頃から思ってしまっているから。

だって自分には兄が当たり前にできることができないから。

兄が一瞬で難なくこなすことを、自分は長い時間をかけないとこなすことができないから。

だからその子にどんなに罵られても、自分は、口を噤んでじっと押し黙っていた。

そして稽古が終わりその子が帰った後に、父親から激しく叱責されたのだ。なぜ何を言われても言い返さなかったのか、と。

（……どうしてぼくをおこるの。聞いてたなら、どうしてあの子をおこってくれなかったの）

唇を噛む。稽古場では流れなかった悔し涙が、今さらになって頬を伝う。

（ぼくは……ぼくは、ただ……）

自分が何を望んでいるのか、自分にもよくわからない。だからこそ、抱え込んだ憤りが身体の中を行き場なく奔流するのだ。

抱えた膝に頭を埋め、その子どもは、泣き疲れて眠ってしまうまで、身内を巡る強い悲しみに身を委ねていたのだった。

ふと——宗二郎は目を開けた。

いつの間に眠ってしまっていたのだろう。もう真夜中だ。座椅子に座ったまま、膝の上にはさっきまで読んでいた書籍がそのまま載っている。

ふと、何となく目もとに触れてみる。だが夢の中の幼い自分につられて泣いてしまうほど、自分は感傷的な人間ではなかったようだ。

それどころか、膝を抱えて泣くばかりだったあの無力な子どもを、忌々しく思ってさえいる自分がいる。

――ぼくは、ただ。

あの頃の自分は、その言葉の後に何と続けようとしていたのだったか。もはや思い出せないほど遠い彼方の記憶だ。

（僕は、ただ――）

「宗二郎さん」

部屋の戸の外から、低く自分を呼ぶ声がした。その声によって思考は遮られる。

入室を促すと、引き戸を静かに開けたのは見慣れた顔だった。見飽きた顔、と言うべきか。

「失礼しやす」

音もなく引き戸を開けた繊細な手つきに反して、入室してきたのは大柄な体躯の男だ。年齢は二つ歳上の実兄よりも、さらに五つか六つ上だったか。あまり興味がないので定かではないが。

この男が自分に付き従うようになってから、もう何年になるだろう。

「首尾はどう？」

結果はわかりきっているが、形式として問う。そうでないと昔気質のこの男は、主人の前では自分からは滅多に口を開かない。

「へえ、万事手筈通りに」

「だろうね」

この男が自分の命令を遂行できなかったことは今まで一度もないのだ。彼は自分の手足なのだから。

男は黙って傍に控え、宗二郎の次の言葉を待っている。宗二郎は座椅子から立ち上がり、本を文机の上に放った。

「斎賀《さいが》」

「へえ」

「その本、つまんないから捨てといて。これ以上一文字でも読むのは時間の無駄だ」

「へえ、その通りに」

斎賀と呼ばれた大男は、頷いて文机から本を拾い上げた。この男が手にした本をその辺の書生にでも与えるのか、それとも馬鹿正直に捨てるのかはわからない。結果には興味もないし、どちらもあり得るので別段驚かない。

その身体の大きさには手狭であろう部屋の中に律儀に突っ立っている斎賀を、宗二郎はちらりとも見上げることなく部屋を出た。廊下を進むと、後ろから付き従ってきている気配がする。

不思議と、それを鬱陶しいと思ったことはない。無駄口も叩かなければ無駄な音も立てないので、もはや空気のような存在だからかもしれない。

空気ほどに馴染んでいると思う相手なのに、同時に、そういえば下の名前は何だっただろうかとも思う。

そんな自分を薄情な奴だと、俯瞰して思う自分もまた存在するのだ。鳥が地上を見下ろしているかのように、極めて客観的に。

自分の一生分の激情はきっと、ある一人の人物によって巻き上げられてしまった。

あの人が傍にいない自分は、自分という人間の残りかすだ。

今日も冷静に、客観的に、宗二郎はただそう考えるのみである。

＊＊＊

何もない部屋の真ん中に正座し、紬は腕組みをして眉間に皺を寄せていた。

「……うーん……」

唸ってみるが、実のところそれで考えが纏まるわけでもない。

紬は今、見知らぬ場所にいる。

家具らしきものが何一つない、畳敷きの部屋だ。あるのは部屋の端に置かれた小さな明かりひとつである。

最初にここで目を覚ましたとき、紬は一瞬、劇場の舞台裏でうたた寝をしてしまったのかと焦った。舞台裏の広い空間には、その公演で使用する多数の大道具が格納されている。日々立て込む衣装制作に疲弊するあまり、まさか現実逃避のように舞台裏へ迷い込んで、自分でも気づかないうちに寝入っていたのかと思ったのだ。

紬がそう考えたのには理由がある。

それは目の前に広がる薄暗い廊下――と、この座敷を隔てる木製の柵の存在だ。壁でもなければ戸でもない。もっと言えば、厳密には柵ですらない。

それはどこからどう見ても、罪人を放り込んでおく牢屋に使われる格子だった。

紬は当然のことながら、牢屋の実物など見たことはない。だけれども、これまでに見てきた舞台演目の中で、牢屋の大道具が登場したことは何度かあったのだ。

だから目覚めて早々、真っ先に「大道具さんに叱られる！」と冷や汗が噴き出した。しかしその後すぐに違和感に気付いて首を傾げた。

今現在準備中の演目には、牢屋など一度も登場しないのだ。

舞台裏の面積は限られているから、過去の演目で使用した大道具は当然そこにはない。汎用性の高いものであれば再利用のために劇場内の巨大な倉庫に仕舞われているし、そうでなければ既に解体されている。

噴き出た冷や汗もすっかり引くほどの時間、紬は黙考した。が、牢屋っぽい部屋の心当たりなど、新帝劇の大道具以外には思い当たらなかった。

だから紬の思考は自然、次に高い可能性に移行した。

つまり、ここが本物の牢屋であるという可能性である。

（もしかして私――疲れのあまり自棄になって、何かとんでもない犯罪でも犯しちゃった⁉）

その考えに至った途端、先ほどの比ではないほど血の気が引いた。今ここで捕まるのは非常にまずい。衣装制作に関しては期日までに終わるという希望が見えているとはいえ、紬の戦力が失われてしまえば窮地に逆戻りだ。単純に今の時点で頭数がひとつ減ってしまうのはあまりにも痛手だし、もし何か予想外のことが起こってしまった際に、外部のお針子たちでは梶山を御しきれない。

せっかく引いた冷や汗を再びだらだらと流しながら、紬は考える。

自分が一体何をしでかしてしまったのか。

ここで目覚めたということは、どこかで意識を失ってしまっていたということだ。寝入ってしまう直前に自分は何をしていたのかを思い出さなければ。

しかしいくら考えても、何だか頭の中が茫洋《ぼうよう》として思い出せない。

まさか記憶を失うほど酒を飲んでしまったとか、仕事に忙殺されることに嫌気が差して違法な薬を大量に服用してしまったとか。

（……いや。私に限ってそれはないわね）

紬の精神的な健やかさは、紬自身にも自信を持って太鼓判を押せるほどだ。もし何かを大量に摂取するとしたら、それは甘味か何かだろうと思う。

ふと、以前過労で倒れてしまった時のことが頭に浮かぶ。だがあの時は状況がとにかく異例だったのだ。自分で言うのも何だが、今の状況程度で記憶をなくすような倒れ方をするほど、心身ともにか弱くはない。それにこれでは牢屋にぶちこまれている状況の説明もつかないし。

(牢屋っていうか……ここ、いわゆる座敷牢って感じなのよね)

腕組みをしたまま、紬は顔を上げて辺りを見回す。饐えた黴の臭いはするが、畳は古いけれども汚いというわけではない。埃っぽくもないし、定期的に手は入れられているという印象だ。

とはいえここが牢屋ではなく座敷牢であったとてである。家の中に座敷牢を所有している知り合いに心当たりもなければ、座敷牢にぶち込まれてしまう謂《いわ》れに心当たりもない。知らず知らず誰かの不興を買ったというならば話は別だが。

と、眉間に人差し指をあて目を閉じてうんうん唸っていた紬は、あるひとつの心当たりに思い至り、はっと目を上げた。

(もしかして――郷田さん!?)

町内会長である郷田の家は確かに大きい。座敷牢があると言われればあるような気もする。

そして紬にもよくわからない何かが郷田の癇に障った可能性も、あると言われればあるような気もする。

　仕事の間は家にはお邪魔できないと事前に伝えておいたはずだが、周りの奥様軍団に「女のくせに仕事を言い訳にして集まりに参加しないなんて」などと陰口を叩かれていた恐れもある。それを鵜呑みにした郷田の怒りが頂点に達した恐れもだ。そして狂気に身を窶《やつ》した郷田以下奥様軍団が、仕事帰りの紬を夜中に拉致し――

（……いやいや。流石にないわ）

　紬はかぶりを振り、大きく嘆息した。確かに郷田も奥様軍団も厄介ではあるが、それは人を物理的に傷つけるような性質のものではない。精神的に大きく疲弊する程度のことだ。

と――ふと、紬は気づく。

　たった今しがたの、自分の思考をもう一度追いかける。――仕事帰りの自分を夜中に拉致。

（そうだわ――私、夜中まで仕事して、ぎりぎり家に帰れる時間に劇場の外に出たはずよ！）

　ひとつ思い出してしまえば、目が覚めたように次々と記憶が蘇ってくる。

（そうよ、作業も終わりが見えてきたから、もう泊まり込みじゃなくても大丈夫ですねって梶山さんと確かに話したんだもの。これでまた誠一郎さんをちゃんと眠らせてあげられるわって思ったから間違いないわ）

　蓮治本人は、風邪で寝込んで以来寝付き方がわかってきたから、数日の間であれば紬がいなくとも大丈夫だと言っていた。だがそれは蓮治の自己申告だ。劇場にいる間も以前のように膝枕係をしてやれる時間があったわけでは勿論ないから、紬には彼の言葉を信じることしかできなかったのである。

考えてみれば、まともに蓮治と話すのも久し振りだ。嬉しさと高揚と、ほんの少しの緊張を胸に、紬はうきうきと劇場の敷地の外に出たのだ。

劇場内にも、そして通りにも、当たり前だが人通りはほぼなかった。

暖かい時期であれば紬も不審者を警戒するところだが、春はまだ先だ。襟巻きをしっかりと巻き直し、かじかむ手に息を吹きかけながら、まるで世界に自分一人しかいなくなってしまったような通りを停車場に向かって歩いて――

そしてそこから記憶がない。

(……いやいやいや。困るのよそれじゃ。しっかり思い出しなさいよ、紬!)

両手で頭を抱え、再びうんうんと唸る。その甲斐あってかどうかはわからないが、脳裏の端に、横合いから伸びてきた手のようなものがふっと浮かんだ。

物陰だ。塀か何かの陰から伸びてきた誰かの手。今まで見たことがないほど、とても大きな手だった。その手が紬の口を覆ったような、覆っていないような――

と――遠くで、ぎい、と扉が開く重い音がした。

紬は思わず顔を上げ、格子の向こうに広がる闇を見つめる。

足音が近づいてくる。誰かがこちらに向かって歩いてきているのだ。

固唾を呑んで見守っていると、果たして廊下の先から、明かりを携えた一人の青年が現れた。

ほっそりとした、柔和な印象の青年だ。淡い栗色の髪がとても目を引く。

そしてその後ろには、大柄な男が用心棒のように付き従っている。

青年のほうはともかくその用心棒の風貌があまりに大迫力だったので、紬は顔を真っ青にして思わず後ずさってしまった。それに気づいた青年が、用心棒のほうにちらりと視線をやる。

「斎賀。お嬢さんが怖がってる。ちょっと離れて」

「へえ。すいやせん」

斎賀と呼ばれた大男は、そう言って素直に壁に張り付いた。確かに暗がりに潜んで顔ははっきりとは見えなくなったが、何だか別の恐ろしさが足されてしまった気がする。

思わず視線を逸らしかけたとき、ふと、視界の端にちらりと斎賀の手が入ってきた。体の横に下ろされている、その人並外れた大きな手には覚えがある。

「ちょっと待って！　あなた――劇場の前で私を襲った暴漢ね!?」

紬は思わず大声を上げてしまった。そして両手で胸もとを隠すようにして自分の身体を抱きしめ、さらに後ずさる。

「こんなところに婦女子を拐《かどわ》かして一体何のつもりよ!?」

すると青年が今度は半眼で斎賀を見やる。

「……斎賀。お前、このお嬢さんを襲ったの？」

「いえ、襲ってやせん。ご命令通りちょっと眠ってもらっただけです」

淡々とした斎賀の受け答えに、紬の体温が上がる。

「ちょっと眠ってもらっただけですって⁉　夜中に人を襲っておいてよくもぬけぬけと――っていうか私を道端で眠らせたってことは、つまりその後ここに運ぶために私の体に触ったってことじゃないのよ。そ、そんな破廉恥行為が許されると思ってるわけ⁉　ちょっとあなた、そんな暗いところに隠れてないで正々堂々と顔を見せなさいよ！」

湧き上がった怒りは恐怖を凌駕し、紬の口は止まらない。ついには膝立ちになって斎賀のほうに詰め寄りかけたところで、青年が嘆息とともに割って入ってきた。

「……お怒りのところ悪いんだけど」

「何よ⁉　邪魔しないでちょうだい、私は今大事な話を――」

格子の隙間から斎賀のほうに伸ばした手を、青年はぱしりと手首を摑んで止めた。腕力があるようには見えない風貌だが、それでも紬がいくら力を込めても振り払えない。

思わず青年を睨み上げる。すると青年は紬を見下ろし、微笑んだ。

とても柔らかく、優しげな笑みだ。髪の色の珍しさや肌の白さも相まって、まるで西洋の絵画に出てくる天使のような。

「斎賀にあなたをここへ連れてこさせたのは、僕なんだ」

「……え？」

言われた意味がわからず、眉を顰めて問い返す。

もうとっくに抵抗をやめているにも拘らず、青年は紬の手首を摑んだまま離さない。それどころか、手の力がどんどん強く込められていく。

紬は流石に痛みに顔を顰めた。格子越しとはいえ、それが見えていないはずはない至近距離なのに、青年は手の力を緩めない。

「僕の名は時村宗二郎。そしてここは僕の家だ。そう言えばわかるかな」

「時村……」

紬は思わず目を見開く。

それは他でもなく、現在の紬自身の姓だ。

そして宗二郎という名の人物を、会ったことは一度もなくとも勿論知っていた。話に聞いて想像していたよりも、遙かに穏やかで優しい印象の人物だ。外見は似ていないと聞いていたが、まさにその通りだった。恐ろしいほど美しく整っているという点では同じだけれど、その方向性はまったくと言っていいほど異なっている。

そんなことよりも、その人物によってどうやら紬は拉致され、手首を折れそうなほど強く摑まれているのだという現状が、紬の理解を阻んだ。

だって蓮治は――目の前の人物の兄は、どんなに口が悪く態度が傲慢でも、本当に紬を傷つけようとしたことなど一度たりともないのだから。

「初めまして、紬さん。本当なら義姉《ねえ》さんって呼ぶのが正しいんだろうけど、僕のほうが年上だから、なんか変な感じがするよね」

まあ、と宗二郎は口の端に笑みを湛えて続ける。

それは蓮治の皮肉っぽい、口角を吊り上げるような笑みではなく、完璧に整った形の笑みだった。

「義姉さんなんて呼びたくない理由は他にもあるんだけどね。大切な人を僕から奪い取っていった場所の人間となんて、本当は言葉すら交わしたくないぐらいだ」

完璧な笑みから零れ落ちた、信じられないほど強い言葉に、紬は耳を疑う。

「なんですって？　一体何のこと？」

「兄さんは時村家に必要な人間だったんだ。それなのに、後からやってきたぽっと出の劇場風情が、あの才能を僕らの世界から奪い去ってしまった」

その言葉に紬は瞠目した。

「まさか、誠一郎さんが大帝劇に入ったときのことを言っているの？」

もしそうならば、今の宗二郎の言葉はお門違いだ。能の名門である実家を飛び出し、演劇の道へと飛び込んだのは、他ならない蓮治自身の意志なのだから。

それを否定することはすなわち、蓮治という人間を、その人生を否定するにも等しい行為だ。

憤りのあまり、紬は摑まれていないほうの手で格子を摑む。

「檻越しじゃ話にならないわ。私を外に出すか、そうじゃなければあなたが中に入ってきなさい」

宗二郎はまた穏やかに微笑む。

「僕と対等に話すつもりかい？　君程度の人間が？」

紬は頭を掻き毟りたくなった。

この苛立ちと憤りには明確に覚えがある。近頃はついぞ感じることがなかったので忘れかけていたが、まさかここで思い出させられることになるなんて。

「あーもう！　わかったわよ、私を見下そうが何だろうが好きにしなさいよ。あとまずこの手を放して！　痛いったらありゃしないのよ、さっきから！」

ってというか、と紬は宗二郎を強く睨み上げた。

「あなたたち兄弟、その王様みたいな態度がほんとそっくりだわ！」

今ではすっかりなりを潜めている——紬の前限定ではあるが——、かつての劇場の暴君が頭の中を高笑いしながら駆け抜けていく。

そうだ。あの頃の夥《おびただ》しい棘を纏った蓮治の姿に、目の前の青年は雰囲気がとてもよく似ているのだ。

宗二郎は、なぜか驚いたように目を見開いてこちらを見下ろしている。

手首を摑まれていた手の力が俄かに緩む。紬が自分の手を庇うようにさっと引っ込めても、宗二郎は紬の手を摑んでいた体勢のまま、固まってしまったように動かない。

「……な、何よ？　反論があるなら言えばいいでしょ」

膝立ちのまま、今度はじりじりと後ずさる。

すると宗二郎は紬の中から鍵の束を取り出した。その中の一本を格子の錠に差し込み、扉を開く。そして座敷牢の中に入ってくると、戸を閉めた。鍵は差しっぱなしだが、扉の前には斎賀が控えているから、恐らく脱走は不可能だ。隙を見て逃げようなどとは紬も思っていないが。

目の前のこの人物とは、膝を突き合わせての対話が必要だ。

宗二郎のほうもそう思ったのだろうか、紬の前に腰を下ろした。紬も相手を窺いつつ、膝立ちから正座に戻る。

正面からこちらを見据えるその顔からは、先ほどまで刷いていた笑みが消え失せていた。恐ろしく整った真顔で見つめられると、文字通り何だか恐ろしい。

(怯んじゃだめよ、紬)

紬は自分を奮い立たせ、背筋を伸ばして鹿爪顔《しかつめがお》を作り、宗二郎を見返す。

真意はわからないが、宗二郎は兄である蓮治を蔑ろにするような言葉をさっき吐いたのだ。それは到底看過できることではない。蓮治の妻としても、蓮治を推す贔屓筋としても。

「……この家で」

口火を切ったのは宗二郎だ。

紬は唇を引き結んで、彼の言葉に耳を傾ける。

「兄と僕は育ったんだ。当たり前に時村の未来を担う者として――父さんの跡継ぎを兄さんが、そしてその補佐を僕がするんだと、信じて疑わずに」

　それは蓮治から以前聞いた話と一致している。蓮治は自分の道を自分で定めるまでは、芸事に秀でた家に生まれたあらゆる子どもと同様に、幼い頃からその道の英才教育を受けていた。

　能楽師の父親からは能を。プリマ・バレリーナだった母親からは洋舞を。

　そしてこちらもその他の例に漏れず、稽古を受けるのは兄弟もまた同様にだった。

「この家で――時村家で、兄さんと僕はいつまでも同じ芸の道を追求しながら、仲良く暮らせると信じてたんだ。何でもできる兄さんはいつも僕の憧れで、僕にその頼もしい背中を見せてくれる。きっと大人になってもそれは変わらないんだろうなって」

　宗二郎は少しだけ視線を落とす。

「よく知りもしない他人は、僕にこう言ったよ。『出来のいい兄がいて大変だね』って。『兄のことが妬ましくないのか』って」

　馬鹿な、と宗二郎は唾棄するように吐き捨てた。

「嫉妬だって？　そんなくだらない感情を抱かなきゃならないほど、兄さんは低俗な存在じゃない。兄さんの才能と努力は、他人よりも十歩も百歩も先の成果を得て然るべきだ。そんなこともわからない他人が、よくもこの僕にそんなことを……！」

　心から頷きたいのを、辛うじて紬は耐えた。贔屓筋として完璧に賛同すべき内容ではあるが、蓮治を幼い頃から一番傍で見てきた人の言葉である。そう易々と第三者が何某かの言葉を口にすべきではないだろう。

（つまり宗二郎さんは、誠一郎さんをとっても慕っていたんだわ）

その後二人の関係は拗れに拗れてしまって今に至るわけだが、それがこんなにも深い愛情ゆえなのだとしたら、それはとても哀しいことだと思う。

以前蓮治から宗二郎の話を聞いたときは、紬はてっきり、宗二郎は弟に責任を押し付けて自分はやりたいことをするために家出した兄を、身勝手だと恨んでいるのかと思っていた。

しかし実際に宗二郎と向かい合って話を聞いてみるに、どうやらその認識は根本から間違っていたようだ。

そしてそれは恐らく、蓮治本人も知らないこと。

僕は、と宗二郎は激情を抑えようとするかのように声を揺らす。

「兄さんが出ていってから、親からも周りからも、兄さんの代わりとして期待されるようになった。だけどその期待は本来、僕のものじゃない。兄さんが受けるべきだったものだ。僕は兄さんが得るはずだったものを掠め取ってしまったに過ぎないんだ」

その言いように、紬は思わず口を挟んでしまう。

「確かに状況はそうだったのかもしれないけど、でも、親御さんだってあなたには誠一郎さんと違うものを求めてくれたでしょう？　現にあなたは時村家の御当主を立派に務めてるって聞いてるもの」

しかし宗二郎は首を横に振る。

「そんなの虚構だよ。まやかしだ。兄さんがうちを継いでくれていれば、絶対にこんな程度では終わらなかった。それは父さんだって、うちの門下生だって、関係者の誰もがそう思っているはずだ。いや、まったく関係のない赤の他人だって」

紬はそれ以上言葉を継げなかった。宗二郎が置かれた状況を実際に見聞きしてきたわけではない立場の紬には、これ以上慰めの言葉も、否定する言葉も発する資格がないように感じてしまったのだ。

沈黙の空気を掻き混ぜるように、宗二郎が続ける。

「僕の夢は兄さんが出て行ったあの日、道を閉ざされてしまった。いつか兄さんがうちのことを思い出して戻ってきてくれるんじゃないかって、小さな希望を胸に待ち続けたけど――結果は知っての通りだよ。兄さんは劇場の看板俳優になったばかりか、身を固めるのを条件に父さんからあの場所で役者を続ける約束まで勝ち取った。恐れ入ったよ。僕には入り込む隙もなかった」

だけど、と宗二郎は再びその顔に微笑みを浮かべた。

「僕はまだ、諦めてないんだ。紬さん」

紬はそれを見た瞬間、背筋にぞくりと悪寒が這い上がるのを感じた。

こんなにも人畜無害で、誰にでも間違いなく好かれるであろう笑顔なのに。

それでも紬はその笑顔を見て、道端で突然死刑を宣告されるような、こちらに心の準備をさせてくれない類の恐怖を感じてしまったのだ。

「雇用の契約だって婚姻の契約だって、何があろうと永遠に守られるわけじゃない。不慮の事態が起これば立ち消えることも、行く道が大きく変わることだってあり得る」

紬が無意識に後ずさろうと上体を引いてしまうほどの、それは圧倒的な恐怖だった。

「不幸な事故で衣装部が機能しなくなって公演がぶち壊しになれば、そしてそれが今回だけでなく兄さんが主演する演目でばかり繰り返されれば――流石に誰もが兄さんとその厄《わざわい》を結びつけて考え始めるだろうと思ったんだ。そうなれば、兄さんこそが厄の元凶だろうと思われるのも時間の問題だ。呪われた役者はいずれ責任を被る形で、劇場を去らざるを得なくなるだろう。いくら稼ぎ頭の看板俳優っていったって、公演自体が何度も飛ぶことの損害と比べたら、劇場側がどっちを切り捨てるかなんて考えるまでもない。商業演劇は慈善事業じゃないからね」

でも、と宗二郎はどこまでも綺麗に笑う。

「その初手になるはずだった今回の作戦で、まさか君が障害として立ちはだかるとはね、紬さん。兄さんに所帯持ちの身分を与えた件といい、今回といい――君は僕にとっては、どこまでも邪魔な存在でしかないみたいだ」

そう告げ、宗二郎はおもむろに立ち上がった。そして格子の戸のほうへ向かう。

彼が戸の外に出て再び鍵を手にした瞬間、紬ははっと気づき、慌てて立ち上がった。急いで戸に駆け寄り、格子に縋りつく。だがもう遅かった。

無慈悲に目の前で錠をかけられる、その重い音が暗い廊下に響く。

格子の外で、宗二郎はやはり笑った。

「兄さんを取り戻すことができるまで、君にはここにご滞在いただくよ。――ああ、食事や布団は後で斎賀に運ばせるから心配しないで。どうぞごゆっくり、義姉さん」

もう間に合わない。衣装作りも、舞台の完成も何もかも。

衣装が間に合わなければどうなるか。前例はないが答えは明らかだ。衣装部屋に保管してある過去の演目の衣装の中から、代用できるものを適当に見繕う。一場面か二場面であれば、そして主要な登場人物でなければ、それでも観客の目は一旦は誤魔化せるかもしれない。

けれどそれが主演か、それに近い俳優のものだったら。

劇団所属の俳優ならばまだましだ。けれど外部からの客演の俳優のものだったら。

新帝劇は大事な客演に他人の使い回しの衣装を着せるような劇場だという評判が広がってしまったら。

それが一度や二度ならばまだしも、宗二郎が言うように今後も同じことが繰り返されてしまったら、もう外部から客演のために俳優を寄越してくれる事務所はなくなるかもしれない。

観客だってそれは同じだ。もし新帝劇からそんな扱いをされた俳優が自分のご贔屓だったら。推しを蔑ろに扱う劇場の公演など二度と観るものかと考えても仕方ない。

たった数着の衣装が原因で、新帝劇がこれまで積み上げてきたものは地に堕ちる。

大勢で高水準の一つの公演を作り上げるとはそういうことなのだ。

どの部署の誰が欠けても水準を保てなくなってしまう。

新帝劇はもう落ち目だと、見る側に一度判断されてしまったら。

どれだけ国内最高峰の役者と技術者が揃っていたところで、発信するものを受け取ってくれる観客の存在がなければ、演劇は成り立たないのだ。

それに今は狙われているのは衣装部だけだが、これが床山や大道具などにまで魔の手が及ぶことにでもなったら――

あらゆる悪い想像が次々に浮かんでは消え、消えてはまた浮かぶ。

何か言わなければ、と半ば脅迫されるようにして紬は口を開く。

「――新帝劇の公演を観て、あなたは誠一郎さんに手紙をくれたじゃないの！　感銘を受けたって書いてくれていたのは嘘だったの!?」

すると格子の向こうで宗二郎は小首を傾げた。

「感銘はもちろん受けたよ、当たり前じゃないか。――ああ、やっぱり兄さんはこんなちんけな場所に囚われているにはもったいない人だなってね」

怒りと悔しさで涙まで浮かんできた。なぜ蓮治が、そして紬が大事にしているものを、関係のない人間からここまで悪し様に言われなければならないのか。

なぜ自分は、格子に縋りつくしかできないほど今、こんなにも無力なのか。

宗二郎が笑みをすっと消し、紬を冷たく見下ろしてくる。
そして冷酷に切り捨てるようにその視線を外し、立ち去ろうとした――その時だった。
宗二郎が、不意に立ち止まった。
目を驚愕に大きく見開いている。
紬は思わず彼の視線を辿る。いつの間にか、そこにいたはずの斎賀の姿がなくなってい
る。
――そして。
「……兄、さん」
宗二郎の唇が震え、声が掠れる。信じられないものを、それこそ幽霊でも見ているかの
ように。
紬の目に溜まっていた涙が、とうとう溢れ落ちた。
今度は悔しさや怒りではない。不意に訪れた温かい安堵によってだ。
そこには月城蓮治――時村誠一郎その人が、凜々しく佇んでいたのである。

＊＊＊

話は半日ほど前にまで遡る。
新帝劇の稽古場では昼前から夕方にかけての稽古が終わり、長めの休憩時間に入った。

稽古の進み具合は極めて順調だ。懸念されていた衣装の進捗も問題ないとの報告を受け、関係者の間でも安堵の雰囲気が漂っていた。

「あいつならやると思っていたから、心配はしていなかったがな」

専用の個室の休憩室で茶を飲みながら、蓮治が言う。

他の役者たちは役者用の休憩所で用意された軽食を取っていたり、外に食事をしに出たりしている。蓮治にとっては劇場は第二の我が家にも等しい場所なので、楽屋のみならず稽古場にもこうした個室の空間が用意されており、空き時間は大抵そこで過ごす。

通常であればマネージャーの紬が傍にいて、蓮治と一緒に食事をとる。仕出し弁当もいつも必ず二人分用意されている。が、今回の公演に限っては、言わずもがなその役目を担うのは千春だった。

千春は蓮治の向かいに座り、その弁当をじっと睨みつけている。

「……そっすね。俺も、紬ならやってくれると思ってました」

そう答えたきり、千春は押し黙ってしまった。

蓮治はひとつ嘆息し、革張りの長椅子の背もたれに体重を預ける。

「そろそろしゃべったらどうだ」

「……え？」

「この間から様子がおかしいことと、衣装部の件には何か関係があるんだろ」

千春は目を見開いて蓮治をまじまじと見る。

「な……なんでそんな」

「お前の態度は、何かやましいことでも隠していると自分から白状しているようなものだ」

千春は膝の上で拳を握り締めた。

そして引き結んだ唇の端から、絞り出すようにぽつぽつと語り始める。

「……事態が落ち着いたら話そうと思ってました。確証はないし、俺にも信じられないことだったから。とにかく今は衣装部が何とかなるのが先だと思って」

千春は周囲に誰もいないか確認するかのように左右を見回すと――そんなことをしなくてもはなから密室なのだが――、声を一段潜めた。

「あの日……衣装部の人たちが腹を壊す原因になったのは、食堂の魚なんかじゃねぇ。多分、差し入れの饅頭に何か仕込まれてたんだと思います。だって衣装部員は食堂なんかほとんど使ったことねぇって紬も言ってたし、稽古期間中は仕出し弁当も衣装部の分はねぇ。全員が同じものを食ったのが原因だってんなら、十中八九、原因は饅頭っす」

「なぜそう言い切れるんだ」

だって、と千春は膝の間で両手を組み、懺悔するように項垂れた。

「あの饅頭を衣装部の差し入れ場所に置いたの、俺だから」

蓮治は片眉を上げる。

千春は言葉が止まらないというふうに続ける。

「あの饅頭に本当に何か仕込まれてたのかどうかは、俺は知りません。命じられた通りに、命じられた通りのものをあそこに置いただけだから。……だけど、劇場の外で受け取ったもんを、命令とはいえ差出人を隠した状態で、衣装部全員に行き渡るようにしたのは俺です。正直、さっき衣装が全部本番までに間に合いそうだって聞くまで、生きた心地がしなかったっす。俺のせいで衣装が間に合わないかもしれない、公演がぶち壊しになるかもしれないって――」

「お前が苦しんだかどうかはどうでもいい」

蓮治は短く言い捨て、目を細める。

「お前にそれを命じたのは誰だ」

項垂れたままの千春の肩がびくりと震える。

「……い、言えないっす」

「このままじゃお前は解雇だぞ。養う相手がいるんじゃなかったのか？」

「そ、それでも言うわけには……」

「雇い主に人質にされてるってわけか、その相手とやらを」

千春は驚いて顔を上げる。

「なんでそれを――」

「馬鹿か？　お前は。今までの話の流れを繋ぎ合わせたらそれしかないだろ」

ごくり、と千春が唾を飲む。

蓮治は長椅子の上でふんぞり返ったまま、足を組み、肘掛けに肘をつく。そうして口の端を歪めた笑みを浮かべるさまは、暗黒の世界の魔王そのものだった。

「饅頭に毒か何かが仕込まれていたんだとしても、現物が残っていない以上、証明できる材料は何もない。だがお前を手足のように使っている奴の顔を見てみたくなってきた。お前やお前が養っている相手なんかはどうでもいいが、現に紬まで割を食う羽目になっているからな」

蓮治はまるきり暴君の笑みで、勝ち誇ったように告げた。

「さあ、言ってみろ。一体どこのどいつが、この事態の元凶なのか」

それは相対した者の口がどんなに堅くとも、否応なしに開かせる風格を纏っていた――

――紬は格子の向こうに現れた蓮治の顔を見た瞬間、安堵で全身の力が抜けてしまった。

「……誠一郎さん」

蓮治はちらりと紬のほうを見て、淡く笑みを浮かべて頷いてくれた。そしてすぐに厳しい表情に戻り、宗二郎を睨めつける。

蓮治のやや後方には千春も控えていて、警戒心も剥き出しに、やや姿勢を低く構えている。今にも相手に摑みかかりそうな体勢だ。

そしてそのさらに後方には、この廊下へと続く扉を開いたままの姿勢で、斎賀が立っていた。どう見ても蓮治と千春を彼がここに招き入れたということを、まるで隠そうともしていない。

宗二郎はそんな斎賀をまず見て、歯噛みした。

「……そう。それがお前の意思なんだね、斎賀」

そしてさらに宗二郎は千春に視線を向ける。

「それから君――名前は忘れたけど、僕を裏切ったってことでいいのかな。なるほどね、病気の妹がどうなってもいいってことか」

宗二郎は悩ましげに首を傾げ、ひとつ嘆息する。事情を知らなければ、今すぐに助けてやらねばと手を差し伸べてしまいそうな仕草だ。

「震災孤児の君たち兄妹がこの帝都で人並みに生きていくためには、それ相応の額が必要だと思っていたんだけど。僕を裏切ったってことは、病気の妹に人間らしい生活をさせてあげるのを諦めたってことでいいのかな？」

紬は思わず千春を見上げる。彼が妹を養っていたなんて知らなかった。先の震災で亡くしてしまった両親の代わりに、千春が親代わりとなっていたということか。

普段の千春の、人懐っこく、誰かが困っていたらすぐに手助けしてくれる姿が思い浮かぶ。

他人からの無責任な同情として片付けてしまうには、紬は千春とはあまりに濃い時間をともに駆け抜けた仲だ。同僚であり、月城蓮治という国宝級の俳優を一番傍で護り支える同志でもあり、戦友でもある。そして弟のようにも思っている。

蓮治が一歩前に出た。それは何だか千春を自分の背中に庇うような動作にも見えた。

「それなら心配はいらない。俺が倍の金額でこいつを個人的に雇い直したからな」

「――は？」

瞠目する宗二郎に、蓮治は自分の肩越しにちらりと千春を見やる。

「さっさと俺に弱味を見せていれば、こんなことにはならなかったのにな」

「だってそれは……よりによってあんたに金のことで頼るのは男としての矜持が……」

「そうか。紬の夫である俺を頼るのは死ぬほど嫌だったってことか」

「いやなんでいちいち言い直すんすか！」

噛み付く千春にも蓮治は涼しい顔で、犬を追い払うようにしっしっと手を振る。

そして立ちはだかる宗二郎を押し退けて、座敷牢の戸の前に立った。当然、その戸は宗二郎によって施錠されたままだ。

「どうする気？　この家の今の主は僕だ。鍵は僕だけが持ってるんだよ」

後ろから宗二郎が吐き捨てるが、蓮治はそちらを振り向きもしない。

紬は、こちらをじっと見下ろしてきている蓮治を見上げた。

ついさっきまではこの世の終わりかと思うほど絶望的な気分だったのに、目の前に蓮治がいるというだけで、もう何もかもが大丈夫だという気がしてくる。

心は強く、もう何も恐れない。

「……牢屋の中の私を見られるなんて、そうそうない貴重な経験でしょう？」

悪戯っぽく言ってみる。すると蓮治が肩を竦める。

「そうだな。もし今後、妻や恋人が捕まっている男の役でもすることがあれば、今のこの気分はその時の役作りに役立てられそうだ」

「あら。大スタア月城蓮治のお役に立てたのなら、却って捕まってよかったかもね」

「馬鹿言ってないで、早く扉から離れろ」

紬は言われた通りに格子の戸から離れる。

蓮治の背後から、宗二郎がいらいらと口を挟む。

「聞こえなかったの？　この扉を開けられるのは僕だけだって――」

「お前、子どもの頃に一晩中ここに閉じ込められそうになったとき、俺がどうやってお前を助け出してやったのか忘れたのか？」

え、と宗二郎が眉を顰める。

それきり蓮治は宗二郎から視線を意識ごと外し、千春のほうに手を差し出した。

「鍋」

「はいよ」

その何だか場違いな文言のやり取りに、紬は目を瞬かせる。

すると千春は手に持っていた黒いものを蓮治に差し出した。何か持っているなとは思っていたが、廊下は暗くてよく見えなかったこともあり、当たり前に鞄か何かだと思っていた。

けれども蓮治が千春から受け取ったのは、言葉通り、真っ黒な鉄鍋だったのだ。

「……へ？　お鍋？　一体なんで――」

呆けたような紬のその呟きは、次の瞬間、錠に思い切り鍋が叩きつけられる音によって掻き消された。

呆気に取られる紬に構わず、蓮治は何度も何度も、繰り返し錠を強打する。鍋で。

物理的に損壊させられていく錠は、何発目かの殴打で呆気なくその役割を終え、廊下の床にごとりと落ちた。

ひん曲がった錠と、手の中の鉄鍋とを見比べ、蓮治が言う。

「子どもの頃はかなり苦労した記憶があったんだが、この程度で壊れるものなんだな。当時は武器になる固いものなんて他に思い付かなかったから苦肉の策だったが、意外とやるじゃないか。鍋」

「いや、だからってなんで今も鍋……別にいいっすけど……」

横から千春が半眼で呻く。その手の中に鉄鍋を押し付け、蓮治は格子の戸を開く。

座敷牢の中に入ってきた蓮治が、黙って両腕を広げた。鍋の音に圧倒されて壁際まで後退してしまっていた紬は、ひんやりとした感触の壁から背中を離す。

「……どこの世界に、鍋ひとつで婦女子を助けに来る殿方がいるのよ。しかも、なんか妙に様になってたし」

蓮治はそれには答えない。ん、と促すように自分の両手を示すだけだ。

紬は泣き笑いの目尻から涙を溢しながら、蓮治の腕の中へ一直線に飛び込んだ。

「……お久しぶりのご帰還ですね、兄上」

横合いから声がかかる。

蓮治は紬を自分の背中に庇った。ほんの僅かな明かりだけが灯る暗い廊下で、兄弟は対峙する。

紬は蓮治の腕越しに宗二郎のほうを見やり――そして、ぞっとした。

宗二郎はやはり、天使のような無垢な笑みを浮かべていたのだ。

何も知らない子どもの頃のまま、成長を止めてしまったかのような。

その微笑みは西洋絵画のように美しいはずなのに、紬は蓮治の着物の腕のあたりをぎゅっと握り締めてしまった。それに気づいてか、蓮治の手が紬の指先に重なる。

宗二郎は紬にはちらりとも目もくれない。目の前の兄の存在しか、今の宗二郎の世界には存在していないようだった。

「長らく待ち続けましたよ。お帰りがこんな形でなんて、少々残念ではありますが」

「なら安心しろ。ここには嫌々寄っただけだ。別に帰ってきたわけじゃない」

「せっかく立ち寄ってくださったのに、僕があなたをここから出すとお思いですか？」

蓮治は眉を顰める。

「……和解の手紙を二度も寄越してきたと思ったのは、俺の思い違いか？　お前は兄弟喧嘩を続けたがっているように見えるが」

あれ、と宗二郎は心外そうに目を見開いた。

「仲直りは常にしたいと思っていますよ。僕から逃げ回っているのは兄上のほうじゃありませんか」

宗二郎は二本の指を立て、まず一本目を折る。

「英吉利から有名な歌手と踊り手を迎えての公演。公演案内を見て、あの役は確かに洋の東西を体内で併せ持つ兄上にしか演じられないだろうと思ったから、自分の目で見定めるために観に行ったんです。結果は思った通り——僕の傍を離れてまで、あれが本当に兄上のやりたかったことなのかと疑わざるを得なかった。外側が派手なだけの、ただの張りぼてだ。歌も舞踊もすべてがそこそこ高い水準の役者が集まっていると言えば聞こえはいいが、そのいずれかを専門にしている者から見ればすべてが中途半端。兄上と肩を並べられる役者は一人もいなかった」

その言いように紬の体内に怒りの炎がかっと燃え上がりかけたが、拳を握って堪えた。紬には歌も踊りも、技術的なことは何もわからない。確かにその道一本でやってきた人から見れば、他のことにまで手を出してあれこれ学ぶ人のことは、その一つ一つが中途半端に思えてしまうのかもしれない。

けれども紬は稽古場で、血反吐を吐きながら努力している役者たちを、傍でずっと見てきた。

彼らの努力と、それを積み上げた果てに作り上げられた舞台が、蓮治が立つに相応しくないなんて、紬は欠片も思わない。

　宗二郎はもう一本の指も折る。

「兄上の年齢を考えても、もういい加減潮時だ。だけど兄上はどうやら、自分から戻ってくるご意向がない――であれば、戻って来ざるを得ない状況を僕がお膳立てしてあげるしかない。そう思ったので、僕はまず試してみることにしました。僕が送り込んだ手の者が、兄上に対してどれほど機能するのかを」

　まさか、と蓮治は歯噛みする。

「……あの雪景色の絵葉書とやらのことを言っているのか？」

「ええ、そうですよ。絵葉書なんて本当は毛ほども欲しくはなかったけど、現実的に可能な範囲で無理難題であればあるほど、検証の結果を確かめやすかったので」

　あと、と宗二郎は無邪気に笑う。

「ただ単純に、兄上を僕が困らせることができたら、嬉しいなって思ったから」

　それに思わず反応したのは千春だ。

「そんな――月城さんはあんたのために吹雪の中まで突っ込んでったのに！」

「たかが手足が僕に意見するの？」

　宗二郎は千春を冷たく見やる。

「お前は金欲しさに僕の言うことを何でも聞いただろう。僕からの手紙を兄上宛の郵便物に紛れ込ませろと言えばそうしたし、僕からの差し入れを匿名で衣装部に行き渡らせろと言えばそうした。そこに何が潜んでいるのか確かめもせずに、唯々諾々と」

千春はぐっと押し黙り、悔しげに歯噛みする。宗二郎の目的を知らなかったとはいえ、そして病で臥《ふ》せっている妹のためとはいえ、ただ命じられるがままに動いてしまったのが紛れもない事実だからだろう。

そして宗二郎は、ようやくこちらの存在を認識したかのように、紬に視線を向けてきた。

「あの雪国での一件は、本当はまず君が責任を取って辞める流れにしたかったんだよ。劇場の看板俳優を猛吹雪の中に連れ出して危険な目に遭わせた咎でね。まあ、あれしきのことではそこまで大事にはできなかったんだけど」

だから、と宗二郎は、贈り物でも差し出そうとするかのような優しげな笑顔を向けてきた。

「手足がしっかり機能するのも確認できたことだし、決定的な一撃を喰らわせてあげようと思ったんだ。公演に深く関わる部署をひとつ、公演前に崩壊させてあげようって。部署はどこでもよかったんだけど、どうせなら君がかつていた衣装部にするのがより愉快だろう？　それにそのほうが、兄上の心も深く傷つけてあげられそうだったし」

紬は怒りにか恐怖にか、自分でもわからない感情で震えた。

「そんな理由で……衣装部のみんなを大変な目に遭わせたっていうの？　差し入れを食べた先輩方の中には、今も高熱が下がらなくて苦しんでいる人もいるのよ！　もし後遺症が残りでもしたら――」

すると宗二郎は心底不思議そうな顔で首を傾げた。

「だから何？　それって、僕に何か関係ある？」

紬は言葉を失ってしまった。

宗二郎は無垢な笑顔で――両の瞳が一切の輝きを失っていること以外は完璧な笑顔で、蓮治に一歩歩み寄った。

「僕の願いはたったひとつだけなんです、兄上。あるべき場所で一等輝くあなたでいてほしい。そしてそれは決して新帝國劇場なんかじゃないんだ。確かな歴史を歩んできたこの時村家で、僕なんかよりも遥かに先を行く兄上であるべきなんだ」

宗二郎の伸ばした手が、蓮治の襟元を摑む。

しかしそれは責めるというよりは、幼子が縋りつくような手つきだった。

「あの日、兄さんは僕を捨てた。僕がどれだけ待っても帰ってくるどころか、連絡ひとつ寄越してくれなかった。兄さんの代わりに僕なんかが時村の当主になるなんてあっちゃいけないことだったのに、それも父さんの一声で決まってしまった。僕の意見なんてお構いなしだ。父さんの目には僕という個人なんて入っちゃいない。兄さんになれなかった、でも兄さんになるしかない、出来の悪い身代わり人形ぐらいにしか思われていないんだ」

宗二郎はずっと笑顔を崩さない。その表情のまま、固い仮面の如く顔が固まってしまったみたいに。

そしてその柔和な笑みの目もとから、涙が溢れ出た。

「父さんにどう思われたって構わない。僕が本当は父さんに裏で操られているだけのお飾りの当主だってことも、別に僕には屁でもない。僕が耐えられないのは――兄さんを差し置いて僕なんかが時村の頂点でふんぞり返らなきゃならないって現実だ。どうして王座に座しているのが兄さんじゃないの？　どうして兄さんは僕から兄さんを取り上げたんだ！」

蓮治は答えない。宗二郎のするに任せている。

紬も、何も言える言葉を持たなかった。宗二郎が身内に抱えていた屈託は、紬が想像していたよりも遥かに、生い茂る蔦のように複雑に入り組んでしまっている。

宗二郎は、自分が王のように、あるいは神仏のように崇め奉る対象を失ってしまったのだ。

それも多感な時期に、一般家庭とは違う極めて特殊な家庭環境の中で。

その対象とは、すなわち己にとっての指針だ。生きていく上での道標だ。

そして紬にとってのそれは、言わずもがな蓮治である。

仮に蓮治と出会わない人生だったとしても、紬は問題なく生きていけただろう。劇場ではない場所で働き口を探して、それもそれで楽しかったかもしれないし、別の天職に巡り合っていたかもしれない。運よくそんな仕事に巡り合うことができなくても、誰かと家庭を持っていたかも。

けれど月城蓮治という、天空で一等明るい星のように圧倒的な輝きを知ってしまった今、この輝きなしの人生はもう考えられない。今の人生と、他に考えうるどんなに幸せな人生とを比べてみたとしても、蓮治が発する輝きがないというだけで、その人生は暗く霞んで見えるのだ。

もし今、紬がそれを失ってしまったら。

きっと紬だって、それを取り上げた相手のところへ乗り込んで、なぜ自分からそれを奪ったのかと泣いて訴えただろう。

宗二郎の笑顔がとうとう歪む。涙の波に呑み込まれる。

「……あのとき……この家を出ていく前に、せめて、僕の頭のひとつも撫でてくれていたら」

襟に縋りついた両手の間に、宗二郎はその顔を埋めた。

「僕は……その微かな温もりだけをよすがに、こんな人生でも何とかやってこられたかもしれないのに」

その姿は本当に、幼い弟が、旅立つ兄に行かないでと縋りつくようだった。

「兄さんが僕を厭《いと》わなければ、僕だって、兄さんを憎むことで自分の心を守るなんて……そんな馬鹿みたいなこと、せずに済んだんだ」

――違う。紬はとうとう声を上げる。

「違うわ。誠一郎さんがあなたを厭うなんて――そんなこと、あり得ない」

「紬」

蓮治が低く制してくる。それ以上何も言うなと。

けれど紬は首を強く横に振った。

「だめよ、誠一郎さん。黙ってないで、ちゃんと向き合わなきゃだめ」

蓮治はきっと、宗二郎の屈託をただありのまま受け止めることだけが、自分にできることだと思っている。弟を置いて家を出たという事実は変えられず、それは蓮治の負い目として、胸の奥に今も重く居座り続けている痼《しこ》りだ。そんな自分が心の内を今さら説明するなんて、それこそ言い訳にしかならないと、きっと蓮治は考えている。

けれど紬からすれば、そんなものは言い訳でもなんでもない。

大切に思う相手の――心から慕う相手の、自分を想ってくれる隠された本心を知るのに、今さらも何もないではないか。

「誠一郎さんはあなたとの仲が決裂してから、ずっと眠れない日々を過ごしていたのよ」

弟に恨まれているのだと、まざまざと思い知ったその日から。

やっと手にした夢の切符を危うく手放しかけてしまうほどに。

宗二郎はしかし、紬に冷たい眼差しを向けてくる。

「つまらない嘘は吐かないで。兄さんが僕のことを一度でも思い出したことがあるのなら、手紙の一通も寄越してこないなんてことあるはずがないじゃないか」

「それは確かに――普通ならそうなんでしょうけど、でも、それもできないくらいに誠一郎さんはあなたのことでずっと思い悩んでいたの！」

そう叫びながら、蓮治の腕を摑む手には「なんで手紙ぐらい出してあげなかったのよ」という意味の力を込める。

「それに『眠れない』って言ったけど、あなたそれ、何かの比喩だとでも思ってない？常人には想像を絶するほど、それはもう完膚なきまでに眠れなかったんですからね」

　宗二郎は訝しげに眉を寄せる。

　無理もない。紬だって本人から聞くまで、本当に現実として眠ることができないというのがどういう状況かなんて、想像もできなかったのだから。

「……どういうこと？　兄さん」

　宗二郎の問いかけに、蓮治は観念したように深く嘆息する。そして首を横に振った。

「……本当に、眠ることができない身体だったんだ。最初は薬を飲んで無理やり寝ていたが、それだと翌日の舞台に差し障るから」

　宗二郎はぽかんと口を開けている。

　蓮治は続ける。

「お前にしでかしてしまったことへの罪の意識で、なんて今さら言うつもりはない。だが事実として、俺の人生で最優先すべき舞台の質にまで影響が出てしまう程度には参っていた。俺の身体が俺に眠ることを許さなかったのは、多分――俺自身が、俺に罰を与えていたんだと思う」

　自分の弱みを自分から見せることを何よりも嫌う蓮治の、これは精一杯の譲歩だ。

　そしてその譲歩は、他ならない、何にも代え難い愛情の証左でもある。

　それほどに弟を大切に思っていたのだという、疑いようのない証。

「……誰にだって、大切な人はいるわ。そしてそれと同じぐらい、自分のことが大事よ、誰だって」

紬はぽつりと呟く。

「そんな大切な自分自身を傷つけてしまうほど、壊れそうになってしまうほど――あなたち二人は、お互いを想い合っていたのね。誠一郎さんも、……宗二郎さんも」

宗二郎は再び蓮治の胸に顔を埋めるようにして、肩を震わせる。

蓮治の手がとうとう、宗二郎の肩に伸びる。

彼は弟を抱き寄せた。自分の体に体重を預けさせるように、強く。

「お前はまだまだ兄のことを知らないみたいだな。お前が考えているよりも、俺はいつだってお前のことを大事に思っていたぞ、宗二郎」

「……僕は兄さんが、僕のことで眠れないほど思い悩んでいたって知って、今、言葉にできないくらい喜んでるような奴だよ」

「そうか。そいつは奇遇だな。俺だってお前が俺のことで厄介事をあれこれ画策するぐらい兄を慕っていたと知って、憎まれていなかったことを嬉しく思ってるぞ」

「……我が兄ながら、変な人だね」

「お前にだけは言われたくないな」

宗二郎は顔を上げないまま、涙声で続ける。

「……今は、眠れてるの？」

すると蓮治は肩越しに紬に視線を向けてきた。

紬は微笑み、頷いて見せる。

「……ああ。眠れてる」

「そっか。兄さんの救いになるものがあるのは嬉しいけど、ちょっと残念だな」

「いいことを教えてやろうか。お前のくだらない企てのせいで、俺を眠らせてくれる優秀な人材としばらく離れ離れだった」

宗二郎のくぐもった笑い声が聞こえる。

蓮治も喉の奥で小さく笑う。

紬からすれば何だかとても歪で、不思議で、奇妙な関係のようにも思える。

けれどこの兄弟は間違いなく、彼らの中でしかと通じ合うものを確かめられたのだろう。

苦い想いも。

――そして、愛情も。


さて、気持ちとしてはこれで「めでたしめでたし」と納めたいところだが、そうもいかない事態である。

何しろ様々な事情はさておき、宗二郎は新帝國劇場の社員たちに毒物を送りつけた犯人なのだ。

証拠の品は残っていないから、もしこのまま事実を隠したところで、宗二郎の罪が暴かれることはない。仮にこの場にいる誰かが外部に漏らしたとしても。

そう考え、紬は胸もとでぎゅっと手を握る。

――このまま黙っていることは、紬にはできない。

直接被害を受けたのは、紬がかつてお世話になった部署の、大好きな先輩方だ。いくら蓮治の実弟とて、されたことを無条件に許すことはできない。

紬の視線が蓮治と合う。蓮治も同じことを考えているのだろうか、神妙な面持ちで頷く。

しかし蓮治が口を開こうとしたそのとき、先に声を発したのは、同じく神妙な表情の千春だった。

「……俺が企てたって自首します。どっちにしろ実行犯は俺なんで」

「千春くん!?」

「ごめんな、紬。やっと衣装が間に合いそうだって時に、またお前に負担をかけちまうことになるけど」

千春は申し訳なさそうに、力なく笑った。

すると宗二郎が千春のほうを振り返る。

「ちょっと。手足は黙っててよ」

「宗二郎さん、でも――」

「此度の件は僕以外の誰にも咎はないのに、たかが手足ごときに勝手に償われたら困るんだよ」

宗二郎は蓮治を、まるで突き放そうとするかのように押しやった。そして座敷牢に背を向ける。

「どうせこんなお粗末な企てが万事うまくいくなんて、はなから考えてはいなかったよ。万が一の成功する小さな可能性に縋って、それよりも大きな破滅の可能性には目を瞑っていた。——いや、違うな。僕は最初から、僕の破滅を望んでいたのかもしれない。だって僕がお縄になったら、時村家は崩壊する。僕をこんな目に遭わせた全てに『ざまあみろ』って言ってやれるだろう？」

紬は胸の奥がぎゅっと痛むのを感じた。

その言葉こそが、紛れもなく宗二郎の本心のように思えたからだ。

蓮治が口を開きかける。しかし何かの言葉が宗二郎に向けて発される前に、宗二郎が蓮治のほうを振り向いた。

「今の僕にならそれが甘ったれた子どもの悪あがきだってことがわかるよ、兄さん。どんなに離れていても兄さんは僕の兄さんだって——僕は自分の人生に兄さんという揺るぎない指標があることに感謝して、自分の道を自分のものとして歩むべきだった。兄さんが家を出て行ったあの日に、本当は僕は、それを理解していなきゃならなかったんだ。誰かに全体重を預けて、いつも誰かのせいにして……そんなものは自分の人生とは言えない。今できる最善を尽くして、自分の手で自分の人生を摑み取っていくべきだって、あの日僕は兄さんの背中からそれを学んでいなきゃならなかったのに」

それなのに、と宗二郎は儚げに微笑む。

「今日の今日まで甘ったれの子どものままだった僕への――自業自得の破滅を為す術なく眺めていろっていう、これは罰なんだよ」

蓮治はもはや黙って、宗二郎を見つめ返している。

当主が新帝劇の社員へ犯罪行為を行ったとあれば、いかな名門時村家といえど無事では済むまい。兄弟の父親の権力がどれほど効力を発揮するかはわからないが、最悪、家のお取り潰しになってもおかしくない事態だ。

そうなれば当然、蓮治もただでは済まない。

紬はやるせなさと無力感で気を失ってしまいそうだった。

こんな事態になってしまったばかりに、蓮治は新帝劇の舞台から永遠に降りねばならないであろう危機に瀕している。それなのに彼は自分のことよりも、弟の意思を尊重し、弟のするに任せようとしている――

――と、蓮治が不意に、紬に目配せをした。「問題ない、心配するな」とでも言いたげに。自信満々というよりも、むしろ成功率の極めて高い悪戯を仕掛けたような表情だった。

その顔に、紬の目に浮かびかけていた涙が引っ込む。

一体どういうことなのかと疑問が浮かぶよりも先に、宗二郎の行く手に、あの巨躯の斎賀が立ちはだかった。

宗二郎は不機嫌そうに己の部下を見上げる。

「ちょっと。どいてよ」

宗二郎が斎賀の身体を押し退けようとするが、巌のようにびくともしない。

「もしかして、時村家存続のために僕の罪を隠蔽させようとしてる？」

「いいえ。存在しない罪のためにお縄になろうとしておいでなのを止めようと」

「――は？」

宗二郎は目を瞬かせる。

するとと斎賀は懐から、何かの瓶を取り出した。宗二郎は慌ててそれを斎賀の手から引ったくる。ちゃぷん、と液体が入っているのであろう音がした。

宗二郎は瓶の蓋を開け、中身を検める。覗き込み、匂いを嗅ぎ、そして信じられない面持ちで斎賀を見上げた。

「どうして……」

「差し入れの饅頭に仕込むようにと宗二郎さんから預かっていた薬です」

「そんなことはわかってる！　どうしてそれがお前に渡したときのままここにあるのかって訊いてるんだよ！」

すると背後から蓮治が、宗二郎の手の中から瓶を取り上げた。蓋をしっかり閉め、斎賀の手の中に戻す。

「単純な話だ。こいつはお前の命令に逆らって、薬を饅頭に仕込まずに佐倉に渡したんだ」

え、と紬は千春と思わず目を見合わせる。

蓮治は袖の中から、紙切れを取り出した。何枚かの走り書きのようなものが重ねて折り畳まれている。

「電話で確認できる範囲での調査だから、全員ってわけにはいかなかったが」

言って蓮治は書き付けの束を開き、そこに書かれていることを読み上げ始めた。

「対象その一。朝食は具なしの握り飯と、わかめと大根の味噌汁。昼は持参した握り飯、作業机の引き出しに常備している梅干し」

何だか聞いているだけで腹が減ってくるような内容だ。

紬は訳がわからず首を傾げる。

「……なぁに、それ？」

蓮治は走り書きを読み上げ続ける。

「間食は差し入れの饅頭。――それから部員の一人が帰省の土産に持参した、貝類の佃煮」

蓮治の視線はさらに文字を辿る。

「対象その二。朝食は日頃から食べる習慣なし。昼は劇場近くの売店で購入した牛しぐれ弁当。間食は差し入れの饅頭、それと件の土産の貝類の佃煮。対象その三、朝食と昼食は二日酔いにより食欲がなく両方なし。差し入れの饅頭は受け取っただけで作業机の引き出しに入れており食べていない。土産の貝類の佃煮なら食べられるかと考え、それのみを口にした。対象その四――」

紙を捲りながら、五人目、六人目と蓮治は続ける。

複数人を対象とした、その食事内容の調査票には、明確な共通点があった。

それは部員の一人が持参した貝類の佃煮を、持参した本人含め、梶山以外の全員が食べていたということ。

そして問題の饅頭は、食べた者と、受け取るだけで食べなかった者がいたということだ。

佃煮のほうはすべて食べ尽くされ、持参した本人は器を劇場内で洗っていた。弁当箱を食べてすぐに洗い、持ち帰るまでの間に乾かすという社員は少なくない。土産や余分なおかずを家から持ってきて、部内でお裾分けをするという行為もだ。そしてそれは、女性の比率が高い部署で、より活発に行われる。

もちろん、部員全員が女性である衣装部でも。

蓮治はぱたんと書き付けの束を閉じる。

「以上。聞き取りができたのは衣装部員の七割程度だが、貝類の佃煮は梶山を除いて残りの三割を含む全員が食べたと複数人から証言が取れたから、これで十分だろ」

ぽかんと口を開けて聞き入っていた紬は、思わず声を漏らす。

「……えーっと……要するに、それって」

「衣装部が梶山を残して全滅したのは、毒入り饅頭じゃなく善意の貝のせいだったってことだな」

それを聞いた途端、紬は脚の力が抜けてその場に座り込みそうになってしまった。察した蓮治に腰を抱えるようにして支えられたが。

「私……こんなことのために、月城蓮治が板の上から降りなきゃならないのかと……」

「そんなこと、この俺が容認するわけないだろ。俺だってこんなことのためにせっかく摑んだ仕事を易々と手放すのは御免だ」

言って蓮治は、呆けたように何も言えなくなっている宗二郎を見やる。

「お前は罪を償わなきゃならないようなことは何もしていないんだ、宗二郎」

そして、と蓮治は斎賀に視線を向ける。

「俺に饅頭の件を報せてきたのは、そこのでかぶつだ」

宗二郎は信じられない面持ちで斎賀を見上げる。

斎賀はその視線を憚るように目礼した。

「――手足に過ぎない自分が過ぎた真似をしやした。すんません」

でも、と斎賀は静かに続ける。

「図体がでかいだけで何もできなくて、路頭に迷っていた自分を拾ってくれた宗二郎さんが、目の前で悪いほうへ転がっていくのを、ただ黙って見てることはできなかったです」

宗二郎は少しふらつき、壁に凭れる。

「……僕がお前を拾ったって？　覚えてないや」

「宗二郎さんが覚えてなくても、自分は受けたご恩は一生忘れやせん」

「……兄さんと離れ離れになって、ただ自棄になってただけだよ、きっと。目に入るものは全部手もとに置いておきたかっただけだ」

「それでも、自分にとっての結果は変わりやせん」

宗二郎は自分の手で顔を覆い、俯いてしまった。

斎賀はそんな彼に手を差し伸べるでもなく、ただじっと傍に控えている。

きっと、この二人はこうして、今日までともに歩んできたのだろう。

蓮治は紬を腕に抱えたまま、天井近くの窓を見上げる。さっきまでは夜中を通り越して夜明け前の薄暗さだったのが、気付けばもう朝日が昇り切っているようだ。明るい日差しが降り注いで、座敷牢の様子もどこか違って見える。鬱々とした牢屋というよりは、何だかちょっと息を吐ける隠れ家のようだ。

「すっかり長居したな。親父殿に見つかる前にここを出るぞ」

「あら、せっかく実家に帰ってきたんだから、ご挨拶していけばいいのに」

「馬鹿言うな。余計に話が拗れるだろ」

紬は、そういうものなのね、と頷いた。紬ならば実家の建物内に入って両親の顔も見ないというのはあり得ない話だが、紬と蓮治では育ってきた環境も、親との関係性も違いすぎる。それに男親と娘、男親と息子という違いもあるだろうし。

宗二郎は俯いたまま、顔を上げない。

蓮治はすれ違いざま、弟の前で立ち止まった。そして口を開く。

「親父と、ちゃんと話せよ」

「……言われなくてもわかってるよ」

くぐもった声で宗二郎が答える。手で顔を覆ってしまっているからその表情は窺い知れない。

蓮治は立ち去り際、宗二郎に向かって手を伸ばした。

そして弟の頭を、くしゃりと撫でた。

朝日を浴びて金色に透ける、その栗色の巻毛を。

また手紙を寄越せとか、舞台を観に来いとか、そのときは事前に連絡しろとか――もっと他にも言いたいことは山ほどあるだろう。

その想いのすべてを指先に込めているかのように、蓮治はただ黙って宗二郎の頭を撫でた。

斎賀がこちらに向かって黙礼してくる。紬は彼に会釈で応える。

そして薄暗い廊下の端――階上へ続く階段へと繋がる扉を開けた時だ。

上り階段の前に、一人の女性が立っていた。

あまりにも色素が薄く、あまりにも儚げなその立ち姿に、紬は一瞬、見えてはいけないものが見えてしまっているのかと思って立ち竦んだ。それほどまでに、現実味を欠いた姿だったのだ。

真っ白な肌、淡い金色に波打つ長い髪。

そして――薄氷のような青い瞳。

年齢は紬よりもかなり歳上にも見えるのに、同時に、幼い少女のようにも見える。

そして触れたら消えてしまいそうなほど儚げであるのに、同時に、しなやかな力強さのようなものも確かに感じるのだ。

淡い色味の浴衣に羽織りという出で立ちとの、一種不均衡な美しさ。

――間違いない。

紬はその姿に見惚れ、うわ言のように口を開く。

「……誠一郎さんの、お母様……ですよね？」

目の前の美しい人は、淡く微笑み、そして頭を下げた。

「息子がお世話になっております。誠一郎の母、エレオノーラです」

少し独特の訛りはあるが、完璧な日本語だ。

紬は慌てて真っ直ぐに立ち、直角に頭を下げる。

「こちらこそお世話になっております！　誠一郎さんの妻を務めさせていただいております、紬と申します！」

緊張のあまり、何だかおかしな挨拶になってしまったが、今はそんなことを気にしている場合ではない。

紬は思わず蓮治を見上げる。彼だって長らく自宅で療養中の母親とは久方振りに会うはずだ。ひょっとすると、家出をして以来なのではないだろうか。

案の定、蓮治は瞠目したまま立ち尽くしている。

エレオノーラは蓮治に向かって階上を示した。

「裏口から出なさい。お父様は私がうまく誤魔化しておくわ」

さあ早く、とエレオノーラが促してくる。

蓮治はそんな彼女に向かって、深く頭を下げた。

「……ありがとうございます、母上」

エレオノーラは慈愛に満ちた微笑みを浮かべる。

恐らくは、十七歳の蓮治をこの家から送り出したときの彼女も、同じように微笑んでいたのだろう。

紬も慌てて蓮治に倣ってもう一度頭を下げた。

「慌ただしくしてしまってごめんなさい。もしご体調に差し支えなければ、今度改めてご挨拶に伺わせてくださいい、お義母様《かあさま》」

「ええ、ぜひ。お待ちしていますよ」

言うとエレオノーラは、紬の身体をふわりと抱きしめてきた。

百貨店の舶来品の香水売り場のような、異国情緒溢れるとてもいい香りがする。元プリマ・バレリーナだという彼女の腕のあまりの細さに、紬は完全に固まってしまった。少しでも身動きしたら自分が彼女の腕を折ってしまうかもしれない、と思うほどだったのだ。

抱きしめてきたときと同様、エレオノーラはふわりと淡雪のように紬の身体を離した。

彼女にもう一度促され、蓮治は紬の手を引く。

「あ――ちょっと待って」

紬は後ろを振り返った。千春がついてきていなかったからだ。俯いたままの宗二郎と、その傍に控えている斎賀の、さらに端のほうで千春は縮こまっている。

「おい佐倉、何してる。行くぞ」

すると千春は蓮治と目を合わせず、首を横に振る。

「……一緒には行けねぇっすよ。結果的には何もなかったけど、俺、危うく月城さんをとんでもねー目に遭わせるとこだったし……」

すると蓮治は呆れたように半眼になった。

「馬鹿言うな。責任云々を考えるのはお前の勝手だが、それに付き合ってたら俺たちがここから帰れないだろ。運転手がいないと」

千春は思わず顔を上げる。

紬も千春に手招きをする。

「もういくらもしたらあっという間に出勤時間よ。ほら、急がないと。千春くんがいてくれなきゃ、私の運転技術を今度は町中に披露することになっちゃうわ」

千春は泣き笑いのような表情で吹き出す。

「なんつー脅し文句だよ。……あーもう、わかったって！」

千春は軽い駆け足で、紬たちに合流する。

紬は蓮治と目を見合わせ、微笑み合う。

そうして数時間ぶりに、三人は揃って我が家へと戻ったのだった。

＊＊＊

時村宗二郎の企ては、結果的には新帝國劇場にはいかなる悪影響も与えることなく幕を閉じようとしていた。

強いて言えば、帰宅途中に拐かされ、睡眠時間といえばほんの数時間の気絶のみで出勤することになった紬と、紬を助けるために徹夜で奔走した蓮治、そして千春の今日の業務に少々支障が出るであろうことぐらいだ。

紬は多少ふらふらになりながらでも、最悪うつらうつらしながらでも業務をこなせないこともないが、蓮治はそうはいかない。少ない待機時間や休憩時間をうまく使って乗り切るしかないだろう。

「でもこれで今度こそ本当に、初日の幕が無事開けられそうね」

自宅に戻り、出勤までのわずかな時間で身支度をしながら紬は言う。

するとなぜか蓮治と千春が目配せをした。千春など少し肩まで竦めている。

身支度の手を止め、紬は二人を見比べる。

「何よ。……もしかして、まだ何かあるんじゃないでしょうね？」

正直なところ、身近で抱えていた一番大きな問題が大団円を迎えたのだから、紬としてはこれ以上は何事もなく初日を迎えたいところだ。刺激の多い人生は楽しいから大歓迎だけれども、こうも立て続けだと流石に少し休む時間が欲しい。

　すると蓮治が何かを諦めたような遠い目をした。

「まあ、証拠がないから現時点で俺に言えることは何もないな」

「そりゃそうっすけど、でもどう見ても明らかっすよ」

　何だか要領を得ないことを二人は言い合っている。紬はさらに疑問符を浮かべる。

「一体何のこと？」

　蓮治はいかにもうんざりという顔で嘆息した。

「衣装部のほうで手一杯だろうから、お前には千秋楽の後にでも報告しようと思ってたんだ」

「だから、それって何よ？」

　報告という単語を使ったということは、それは俳優としてマネージャーに、ひいては劇場側に伝えなければならないことだという意味だ。

　紬は何だか急激に不安になってくる。

　しかし蓮治と千春の様子を見るに、それは何か深刻によくないことというよりは、やはり彼らをひたすらうんざりさせる何かであるようだ。

　実は、と蓮治が切り出す。

　紬は緊張でごくりと唾を飲む。

「……客演の俳優が、俺の私物を盗んでるみたいなんだ」

「……はい？」

思ってもみないことを言われて、紬は目を丸くする。

「なんですって？」

「しかもそいつ、二番手だ」

説明を求めたはずが、より混乱するような情報を付け足されてしまった。

助けを求めるように千春のほうを見やると、千春もうんざりという顔でがしがしと頭を掻く。

「私物っつってもほんとちっせぇもんばっかなんだよ。鉛筆とか櫛とか、あと控室に保管してあった予備の紅筆とか。最初は俺の管理不行き届きで失くしちまったんだと思ってたんだけど、あんまり毎日のようにぽろぽろ物がなくなるから、これは流石におかしいってなって」

紬はさらに混乱して頭を抱える。

「待ってちょうだい。本当に蓮治さんや千春くんが失くしたわけじゃなくて？」

「だって予備の紅筆なんて、本番期間中でもほとんど使ったことはないって月城さんから聞いたぜ。俺だってそれがなくなってたことに気づいたの、別のもんを発注しようと思って在庫を確認してたときだったし」

まあ、と千春は半眼で呻く。

「その別のもんってのも稽古場で使ってる飴で、なんか減りが早いなと思って確認したんだけど」

「……つまり、その飴も盗まれたってこと？」

「ああ。多分、ってか今んとこ確実にそう」

その飴というのは、喉にいい薬草などが練り込まれているものだ。特に冬場は喉風邪が流行りやすいから、蓮治は体調管理のために自分の出番以外の時には常にと言っていいほど舐めている。

ちなみに紬も一度味見させてもらったことがあるが、苦いわ妙な辛味もあるわで舌がびりびりと痺れ、到底食べられた味ではなかった。

ともあれそれらの蓮治の私物が、持ち主にもひょっとして自分が失くしてしまったのではと思わせるようなさりげなさで、削り取られるようにして少しずつ盗まれているということだ。

稽古場近くの控室は、稽古期間中はいちいち施錠したりはしない。誰も月城蓮治の個室にわざわざ近づこうなどという者はいないし、盗まれて困るようなものはマネージャーが常に身につけて持ち歩いているからだ。

紬はふと悪寒を覚えた。飴や鉛筆はともかく、櫛やら紅筆やら盗んでどうしようというのか。

二番手俳優というのは外部事務所の若い男性だ。紬は話したことがないので詳しくは知らないが、確か年頃は蓮治と同じぐらいのはずである。

まさか「あの劇場スタアの私物！」という触れ込みでどこぞで売り捌こうという魂胆なのか。

確かに確実に高く売れそうではあるが、新帝劇で二番手まで演じるような売れっ子の俳優が、果たしてそんなみみっちい真似をするだろうかという疑問もある。

というか、それ以前にだ。

「どうして盗んだ犯人がその二番手俳優さんだってわかったの？」

実は以前にも――これは前マネージャーの竹田から紬が仕事を引き継ぐ際に聞いたことだが――蓮治の私物が盗まれるという事件はあったらしい。その時の現場は劇場の楽屋で、犯人は、その日体調不良で欠席した制作助手の代わりに一日だけ働くことになった外部の女性だった。蓮治が楽屋で使用していた手拭いを盗もうとしたところを、竹田が現行犯で発見したらしい。その女性は外部の制作会社に勤務していたそうだが、以降新帝劇はその制作会社との取引を一切やめ、外部の人間を短期で雇うことにもそれまで以上に慎重になったという。

そういう経緯もあって、紬が今回、衣装部に戻って外部のお針子たちを監督するという役目を引き受けたという面もあるのだ。

今回は相手が男性ということだが、紬の頭に真っ先に浮かんだ可能性はやはり、贔屓筋が愛を拗らせてしまっている可能性だった。

しかし蓮治は首を横に振る。

「あいつは単に手癖が悪い性質らしい。一種の病気だな」

「……そんなことある？」

「あるんだ、これが」

そう言われても紬は半信半疑である。

「実際にその人が盗む現場を見たってこと？」

「いや、俺も佐倉も見ていない。だから劇場にもお前にも報告せずにいたんだ。十中八九あいつで間違いないとはいえ、証拠があるわけでもないからな」

「証拠なしに、どうして犯人がその人だって言い切れるのよ？」

すると千春がおずおずと挙手した。まるでこっそりおやつを盗み食いして母親に咎められている子どものようだ。

「俺が他の客演のマネージャーさんと仲良くなって噂を聞き出しました」

「……千春くんの処世術って一体どうなってるの？」

「こいつの外面の良さは利用しない手はないだろ」

蓮治は唇の端を吊り上げて笑う。

千春はその時のことを思い出してか、目もとを手で覆って項垂れた。

「あれ以来、何かとあのマネージャーさんから飯に誘われんだよな……」

「あら、そのマネージャーさんって女性の方なの？」

「うん、月城さんよりちょっと年上ぐらいの……、いや違う！　俺そんなつもり全然ねぇからな!?」

途端に慌て出す千春に、紬はきょとんと目を瞬かせる。

「そんなに力いっぱい否定しなくても。悪くないお相手なんだったら、一度くらいお食事に行ってみればいいのに」

「だからそんなんじゃねぇんだって！　大体俺には――」

言いかけて、千春はぐっと言葉を止める。

なぜか蓮治が千春を物凄い形相で睨みつけているように見えるのは紬の気のせいだろうか。

とにかく、と千春が何かを振り払うように大きく腕を振る。

「あの人が言うには、その二番手俳優ってのが、自分が好敵手だと思ってる相手の私物を盗むって噂になってるらしいんだ。全然尻尾を摑ませないから噂止まりらしいんだけどな。手癖が悪い奴ってのは、まだ番手が下の奴らの中には稀にいなくもねぇみたいなんだけど、その俳優はあちこちの公演でいい役もらってるような奴ってのもあって、噂を信じてる人もそんなにいねぇっぽい」

とはいえ、火のないところに煙は立たない。その女性マネージャーのように、噂を信じている者もいるということだ。

まあでも、と蓮治がひとつ嘆息する。

「奴も犯行を表沙汰にはされたくないんだろう。俺にとって酷い損失になるようなものは今のところ盗まれていないし、佐倉が聞いた噂によれば今後もその心配はなさそうだ。何しろ櫛も紅筆も、あまりに使う頻度が低いからそろそろ処分しようかと思っていたぐらいのものだからな。他に盗まれたのも似たようなものだし、あとは消耗品か。こんなもの大事にして公演がぶち壊しになるほうが困る」

つまり蓮治はやはり、千秋楽を迎えるまではこの件に関して、その二番手俳優本人にもその周囲にも、何か行動を起こすつもりはないようだ。

確かに開幕まであとほぼ一週間という今の段階になって、二番手という大きな役付の俳優が窃盗の咎で降板という事態になりでもしたら、公演関係者全員がとんでもなく困る。ひとまずはこの公演の間は素知らぬ顔で乗り切るのが確かに得策だ。公演が無事に終わった後で、いくらでもこの俳優を今後出入り禁止にするなりすればいいのだから。

紬からすれば何となく憤ろしいような、納得のいかない部分もありつつも、当事者がそう決めたのであれば口出しはできない。それに紬にとっても、せっかくここまで必死に準備した公演がこの段階まで来て台無しになるのは、心底避けたい事態だ。

「まあ、しょうがないわね。私にできることもないし……」

でも、と紬は唇を尖らせる。

「千春くん、できるだけ蓮治さんのものがこれ以上盗まれないように見張っててちょうだいね」

「ああ。できる限り目を光らせとくよ」

一方、蓮治は首を傾げる。

「別に大した物でもないし、不用品をタダで処分してくれると思えば、今は好きにさせておけばいいだろ。反省なら後で嫌というほどさせてやれるんだ」

けれど紬は首を横に振った。これだけは見過ごせないことだ。

「いくら後々然るべき制裁があるとはいえ、月城蓮治の身体の一部に触れたものをそう易々と第三者の手に行き渡らせるわけにはいきません。あなたの贔屓筋の皆さんはあなたのために大切なお給金の一部を支払っているんですよ。そんな皆さんを差し置いて、あなたのことを応援していない相手に不要な得をさせるなど言語道断です。贔屓筋の皆さんを軽く見る行為です」

「……そうだな。すまない」

「それに」

紬はずいと蓮治に顔を近づけた。

「私個人としても、あなたの持ち物の価値を知らない人に奪われてしまうなんて、そんなの耐えられないわ。だったら私が全部もらいたいぐらいよ」

蓮治の目が驚いたように丸くなる。その薄氷のような美しい青が煌めく。

その輝きにしばし見惚れ――紬ははっと我に返った。

「――いけない！　時間！」

掛け時計を見上げれば、いつの前にかもういつも家を出ている時間だ。千春も慌てて荷物を手に取る。

「それじゃ蓮治さん、お先に行ってまいります！」

慌ただしく居間を出る直前、蓮治のほうを振り返る。すると蓮治はそっぽを向いて、ああ、と短く答えるだけだった。

それ以上留まっている時間はなかったので、紬はすぐに千春と連れ立って玄関に向かって駆け出したけれど――確かに蓮治の耳が赤くなっていたのに気づいて、なぜかしらと首を傾げるのだった。

＊＊＊

時村宗二郎は自室の座椅子に座り、背凭《せもた》れに体重を預けて天井を眺めていた。

読みかけだった本は斎賀に処分しろと言ってしまったから、暇を持て余してやることがない。本来ならば自分こそが牢屋にぶち込まれる立場になるはずで、本などもう不要だと思っていたから。

かと言ってすぐに日常に戻れるほど、昨夜から今朝にかけての出来事は、自分にとっても軽くはなかったらしい。

身体の中の何かが燃え尽きてしまったかのようだ。燃え殻の灰さえどこかへ飛んでいってしまって、もう空っぽで何もない。

けれどこの空虚感が、妙に清々しくもあった。

一から、いや零からやり直せと言われているようで。

とはいえ、あの企てを講じた段階で、しばらくは仕事を入れないようにしていた――何しろ華々しい未来など失う予定だったから――ので、本当に、やることがない。これまでとは別の種類のがらんどうに、宗二郎はただぼんやりと身を委ねる。

と、戸の向こうから声が掛かった。

惰性で返事をする。すると戸が開かれ、見飽きたでかい図体が現れた。

その手には身体に似合わない小さな盆が載っている。盆の上にあるのは茶と、これまた似合わない可愛らしい干菓子だ。

「何も食べたくないって言ったのに」

「朝飯は食わねぇでも、せめて何か口に入れてくだせぇ」

言葉自体は遠慮がちだが、そのくせ否応なしに文机のど真ん中に盆を置いてくる。

宗二郎は溜息をひとつ溢した。

「それより今は何か気ばらしになるものが必要だよ。書棚の本はもうとっくに読み飽きてるし」

返す返すも、あの読みかけの本を処分させてしまったのが今さらになって悔やまれる。

手もとにある本の中で、まだ内容を知らないものはあれだけだったのに。

すると斎賀が懐から、実に見覚えのある本を一冊取り出し、文机に載せた。

新品ではない。挟まっている栞も、正真正銘宗二郎の私物であるあの本だ。

宗二郎は本を手に取り、ついでに干菓子も一粒摘んで、斎賀を睨めつける。

「お前のそういうところ、ほんっとむかつく」

「へぇ。すんません」

ぼりぼりと干菓子を噛む。素朴な甘みが口の中に広がる。

心の痼りまで一緒に解けていくかのようだ。こいつの下の名前でもそろそろ覚えてやろうかな、と気まぐれを起こさせるほどに。

と――ふと、空っぽだった頭の中に、甘みを摂取した効果でか、不意に思い出されるものがあった。

宗二郎は目を見開く。

「……あ」

背凭れに預けていた全体重を、思わずがばっと起こす。

「忘れてた。今思い出した。まずい」

端的に発したその不穏極まる言葉の羅列に、斎賀もやや前のめりになる。

「どうされやした」

「っていうかお前にも言ってなかったんだった。くそ、失敗した。今すぐ兄さんに連絡を取って、佐倉でもいいから」

「宗二郎さん？」

宗二郎は慌てて立ち上がり、斎賀を見上げる。

その表情は斎賀が今までに見てきたどんな宗二郎の顔よりも、焦りに焦っていた。

「企てが失敗したときの保険にと思って、お前に内緒で、佐倉以外の手足をこっそり雇っておいたんだ。そいつの存在を今の今まで忘れてた。例の薬を混入した差し入れが、今日の午前中、兄さんのところに届いてしまうんだよ！」

「――は、？」

あまりのことに、流石の斎賀も絶句する。

優秀な部下はしかし、それでも己の主人のために迅速に行動を開始した。そんな部下の大きな背中を、宗二郎は為す術なく呆然と見送る。

今この瞬間ほど自分の馬鹿さ加減に嫌気が差したことはない。両足が今にも勝手に新帝國劇場に向けて走り出しそうだ。

宗二郎は死刑宣告を待つ囚人の如き気分で、斎賀が電話を終えて戻ってくるのを待った。


「――あれ？」

斎賀から緊急の連絡を受けた千春は、ここ最近で一番ではないかと思うほどの俊足ぶりを発揮し、蓮治の控室に駆け込んだ。

俳優宛ての差し入れは基本的には専用の置き場所に集積されるが、蓮治に関しては個人の控室があることもあり、最初から控室に届けられる。毎日のようにたくさんの差し入れが劇場に届くから、卓のひとつを差し入れを置くための台として空けてあって、担当の職員たちはそこに次々と菓子やら寿司やら積み重ねていくのだ。

差し入れの中には足の早いものも多いから、届いたものは一旦マネージャーがすべて開封し、中身を改めることになっている。その日の差し入れはその日のうちに処理するから、今ここにあるのは今朝届いた分だけのはずだ。朝一よりも昼以降に届くもののほうが圧倒的に多く、日頃は朝一では何も届いていないこともままある。

しかし今朝ばかりは状況が違う。斎賀から、手違いがあって毒入り饅頭が蓮治のもとに届いてしまうはずだ、という信じられない報せを受けたのだ。斎賀の声も珍しく焦っていたから、本当に何か不測の事態があったのだろう。

それで蓮治の口に入ってしまう前に急ぎ回収せよとの命を受け、大急ぎでその差し入れを取りに来たわけだが。

「……差し入れなんかねぇけど？」

千春は首を傾げる。件の差し入れ用の台は、昨夜帰りに空にした状態のままだ。今朝の差し入れは何一つ届いていない。

「もしかしてまだ運営のところにあんのかな？　だったら防ぎやすいから助かるけど」

もしまだ控室に届いていないだけであれば、話はとても簡単だ。斎賀から聞いた特徴と合致する差し入れを千春がさっさと回収し、処分してしまえばいい。幸い蓮治は意地汚いほうではない――というより、千春が何度も食えと促さないと基本的に差し入れには積極的に手を付けないほうだから、何も問題はないだろう。

だけど、と千春はさらに首を傾げる。

今はもう普段ならばとっくに朝の差し入れは控室に届いている時間だ。運営担当の社員たちは日々の規則的な業務予定に従って毎日動いているだろうし、よほど不測の事態でもない限りは、何かの業務が大幅に遅れるなどということは基本的にはほぼないはずである。この時間に差し入れが控室まで届いていないなんて、本来ならばあり得ない話なのだ。

それこそ――差し入れが誰かに盗まれでもしない限りは。

「……いや。まさかな……」

浮上したひとつの可能性に、千春は首を横に振る。

しかしこめかみに勝手に浮かんでくる脂汗は、頭をしきりによぎるその可能性が、非常に現実味のあるものだということを示していた。

果たして、蓮治宛てのその毒入り饅頭は、件の二番手俳優がこっそり盗み出していたことが判明した。

別に二番手俳優が自供したわけではない。

稽古の途中に当の二番手俳優の顔が真っ青になり、厠に駆け込み、そのまま稽古続行不可能となってしまったのだ。

二番手俳優は劇場の医務室に運ばれ、そして、稽古への参加は数日間は難しいだろうと診断された。稽古復帰後も本調子に戻るには時間がかかるかもしれないと。

本番まではもう二週間を数日切っている。しっかりと稽古を行えるのは実質あと一週間と少しだ。運よく体調がすぐに回復して最終稽古までに戻ってこられたとしても、開幕を迎えられるほどの水準にその時点で達しているかどうか。

衣装部が見舞われた不運からやっと立ち直ったと思ったのに——と、稽古場内は今度こそ絶望的な空気に沈んだ。

二番手俳優が此度演じる役は、古典芸能を下敷きとした劇中劇が主な登場場面となるものだ。

新帝劇の稽古場には常に、主要な俳優の台詞や動きを覚え、毎回の稽古に必ず参加している稽古代役と呼ばれる者が数名存在する。万が一主要な俳優の身に何かがあって舞台に立つのが難しくなったときなどに、それらの者たちが代役を務めるのだ。

ただ、ここでも大きな問題が発生した。

今回、二番手俳優の稽古代役として稽古場に入っていたのは、その二番手俳優と同じ事務所に所属する若手だった。この若手は二番手俳優のほとんど舎弟のような立ち位置で、二番手俳優を崇め奉っている節があった。

千春は実は前々から、その若手が、二番手俳優が蓮治の私物を盗む手助けをしていたのではないかと踏んでいた。

そしてその予想は最悪の展開でもって的中してしまった。

毒入り饅頭を食べたであろう二番手俳優と運命を共にするかのように、その若手もまたまったく同じ症状で稽古場から離脱してしまったのだ。

盗んだものを食べて毒にあたったとあっては、彼らとしても医者や事務所に事情を詳しく説明するわけにはいかないだろう。今回のことは衣装部のときと同様に、誰の悪意も介在しない不運な食あたりとして処理されるはずだ。実際、症状も似たようなものだったようだし。

しかしそんなことはともかく、問題は、二番手という重要な番手の役が、代役もろともこの時期にいなくなってしまったということである。

件の俳優が二番手に配役されたのは、彼に古典芸能の心得があったからだ。今から代役を急ぎ探すにしても、定められた水準に、それもあと一週間という脅威の速さで達することができる人材で、なおかつ今日から二月先まで何の仕事も入っておらず身体が空いている者なんて――そんな人間、帝国中探し回ってもきっと見つからない。技術的に水準に達している者だけならばすぐに見つかるかもしれないが、そういう者はどこからも引く手数多なのだ。そんな人材が二月という長期に亘って暇を持て余しているなど考えられない。

もはや今から部分的に脚本を書き直し、全員で覚え直したほうが早いのではないか、演目全体の完成度が大幅に下がるとはいえ興行としてはそれが現実的なのではないか――運営側と演出家、脚本家との間で急遽設けられた話し合いで、話がそんな方向にほぼ確実に傾きかけた、その時である。

「ちょっと待ってくれ」

口を挟んだのは月城蓮治だった。

その場にいた全員の目が一斉に蓮治のほうへ向く。

蓮治は全員分の視線を受け止め、頷いてみせた。

「当てがあるかもしれない。脚本の内容から変えるのは、そっちを当たってみてからにしてくれないか」

全員の目に、一筋の蜘蛛の糸に縋るような色が浮かぶのを見て、蓮治は口の端に笑みを浮かべた。

「ちょうどあいつには貸しができたところなんだ。――必ず引きずり出してきてやる」

＊＊＊

――およそ一週間後。

怒涛の日々を乗り越えた新帝國劇場内は、公演初日を迎え、早朝から慌ただしく動き回っている。

左手首に針山を腕輪のように嵌めた紬もまた、他の裏方たち同様に走り回っていた。衣装部屋から団体楽屋へ、そしてまた衣装部屋へ戻って今度は個室の楽屋へ。朝からもう何往復したかわからないその廊下を、紬はまた走る。今度は、目指すは月城蓮治の楽屋だ。

　化粧や床山での鬘装着は、基本的に番手の低い俳優から順に行われる。上位の俳優のほうが劇場入りの時間が遅いためだ。そして首から上がすっかり本番仕様になった俳優たちは、発声練習や準備運動、その他の細々とした準備をしながら、化粧や鬘同様に決められた時間通りに衣装の着付けを受けるのだ。

　ここでも番手の低い俳優たちには、衣装係は専属ではつかない。自分たちでできる範囲の着付けは各々でしてもらい、他人の手が必要な時や、衣装部のほうで繊細な衣装だと判断した場合は、それぞれ担当の衣装係がつく。

　番手が上がると、一人の俳優につき一人、専属の衣装係がつくことになる。衣装の作りによっては着付けが数人がかりになることもあるが、その場合でも指示を出したり衣装を管理したりするのは専属担当者の役目だ。衣装部にいた頃の紬はまさに月城蓮治の専属担当者だったわけだが、今回ばかりは事情が違っていた。

　戦線離脱してしまっていた衣装部員たちのうち、何人かは幸運にも体調が回復し、今日というこの開幕の日に復帰が間に合った。けれど全員ではないので、まだまだ外部のお針子たちの手助けも必要な状態だ。そんな状況だから、紬も蓮治の衣装のことばかりで頭の中をいっぱいにするわけにはいかず、あっちへこっちへと走り回っては皆を監督していたのだった。

　それらがようやくひと段落した今、ようやく満を持して蓮治の楽屋へと辿り着いたというわけだ。

「本当に、今度こそ『これを乗り越えたならこの先何があってもへっちゃらだわ』って思うわよね」

目の前の、細身ながらもしなやかな筋肉に包まれた身体に、紬は抱きつくように腕を伸ばす。仕事でなければ実に不本意だと思うような体勢ではあるが、和装の衣装の着付けには必要な動作だから仕方ない。

とはいえ頭の中が職業婦人になっている今の紬にとっては、こういう工程は業務上あって当然のものなので、いちいち気にするようなことでもない。何せ多いときには一日に十数人もの異性の半裸が目に飛び込んでくるような職場である。

不本意さを隠そうとしていないのはむしろ、今の紬の仕事ぶりを傍で眺めている人のほうだった。

その刺すような視線を受け流しつつ、紬は続ける。

「やっと山を越えたと思ったら、すぐまた次の山が大挙して押し寄せてくるんだもの。もう私はこういう人生なんだわって、近頃じゃ覚悟を決めたわよ。まあ、そんな毎日を楽しく思ってるのも確かだけどね」

衣装を固定する紐をきつく結びながら、紬は言う。

するとの頭の上から苦しそうな呻き声が降ってきた。

「ちょっと。それ、当てつけ？」

「何がよ？」

「苦しすぎるんだけど」

「言ったでしょ、上から重ねる衣装の作りが繊細すぎて、中に着てる衣装はそうそう着付けを直せないの。お手洗いに百遍行っても着崩れないようにしとかなきゃ」

ってていうか、と紬はぺしんと目の前の胴を軽く叩く。

「能の名門の御当主なんでしょ。この程度で弱音吐いてどうすんのよ」

「弱音なんて吐いてない。事実を伝えただけだよ」

っていうか、と同じ文言が頭上から降ってくる。

「一応、僕のほうが年上なんだけど。流石に礼儀が欠けすぎてるんじゃないの？」

「あら。年は私のほうが下でも、一応、私ってあなたの姉じゃなかったかしら？　前に義姉さんって呼ばれた気がするんだけど？」

紬が得意げに言い放つと、目の前の青年――宗二郎は苦々しげに嘆息した。

「……僕が思い描いていた兄嫁と違いすぎる……」

「それはよかったわ。想像より上だったたってことよね？」

憎まれ口に、紬も憎まれ口で返す。

すると傍から――先ほどからこの状況を不本意極まりないという顔で眺めていた蓮治が、半眼で呻いた。

「お前ら、いつからそんなに仲良くなったんだ」

「仲良くない！」

反射的に言い返した紬と宗二郎の声が揃ってしまう。

紬と宗二郎は睨み合い、互いにそっぽを向く。そして蓮治が溜息を吐く。

――蓮治が宗二郎を代役として稽古場に連れてきた一週間前から、三人の関係性はずっとこんな調子だ。

宗二郎が蓮治に連れられて稽古場に現れた日、劇場運営を始めとする公演関係者は、代役とするにはあまりに突拍子もない人物の登場にしばし唖然としていた。しかしすぐに他に選択肢がないと悟り、時村宗二郎を二番手の役に据える方向で俄かに動き出した。宗二郎は稽古合流初日の時点で、既に台詞の半分以上を頭に入れてきていたのだ。

そこからの宗二郎の勢いは凄まじいものだった。あっという間にすべての台詞と動きを覚え、振付を頭と身体に叩き込んだ。稽古合流から三日目には既に台本から目を離し、他の皆の稽古に合わせて動き始めた。残りの日程で完成度を上げ、新帝劇の板の上に立てる水準を問題なく軽々と超え、そして今日に至るというわけである。

否、厳密に言えば、芝居については稽古場からも賛否の声があった。主に伝統芸能を下敷きにした劇中劇で活躍する役どころとはいえ、そのまさに伝統芸能を専門としている宗二郎の演技は、新帝劇の舞台でするには少々重厚すぎるのだ。それが新帝劇の目指す方向性と合わないと言う者もいれば、かえって新鮮で面白いと言う者もいた。

そして紬の意見は後者だった。一周回って何だか新しい、という印象だったのである。

演技についてはそういった意見もあるにはあったものの、何しろそれ以外の部分が宗二郎は完璧だった。本性を表しさえしなければ、外見は天使のように美しくて儚げで、物腰も柔らかいのだ。ただでさえ人当たりのいい人間が、恐るべき才能を発揮してみるみる自分の役割をこなしていくのだから、多少芝居が重厚過ぎたところで文句を言える人間など誰もいなかった。

宗二郎は劇場内では徹底して、蓮治のことを「月城さん」と呼んでいる。

蓮治と宗二郎は外見があまり似ていないこともあり――よくよく見ると顔の作りだけなら似ていないこともないのだが、何しろ纏う雰囲気が違いすぎる――、蓮治の家庭の事情を知るごく一部の者たち以外の中では、まだ二人が実の兄弟であると気づいている者はいないようだ。

しかし幕が開いてしまえば、蓮治が時村家出身であることも、その時村家当主の宗二郎と兄弟であることも、世間に知れ渡るのは時間の問題だろう。触れる衆目の数が多くなればなるほど、その衆目の中に、並外れた鋭さを持つものも現れてくる。

だけど、と紬は思う。

きっと今の蓮治にとってはもう、それは世間に広く知られても構わないことなのだろう。

そもそも蓮治の出自が不自然なほど徹底的に隠されているのだって、彼の父親が金と権力にものを言わせた結果だ。蓮治本人が積極的に隠したいとは、はなから思ってはいなかったのかもしれない。

その証拠に、宗二郎には二番手役者用の個室の楽屋が宛てがわれているにも拘らず、蓮治は自分の楽屋を自由に使わせている。

いくら蓮治の紹介でやってきた客演俳優といえど、成人男性同士、これは明らかに不自然だ。

蓮治はきっと、そんな外から見た不自然さなどというものは気にも留めていないのだろうと思う。

(何だかんだ、少しでも長く弟さんの傍にいたいのよね)

紬は思わず笑う。

稽古場でも蓮治は、宗二郎のことを常に気にかけていた。紬の目には、蓮治が失っていた宗二郎との数年間を少しでも取り戻そうとしているように見えたのだ。

そして、宗二郎のほうもまた。

「――これでよし、と。はい、できたわよ。どうかしら?」

着付けを終え、完成した宗二郎の姿を見て、紬は満足げに頷いた。

(あんまり似てないとはいえ、流石は蓮治さんの弟ね。めちゃくちゃ様になってるわ)

宗二郎は壁一面の鏡の前に立ち、自分の姿をまじまじと見ている。

「……そうだね。衣装の質がいいのは認めるよ」

素直でよろしい、と紬は頷き、間髪を入れずに蓮治に向き直る。

「さ、次は蓮治さんの番ですよ。立ってください」

蓮治の衣装はもう楽屋内の棹《さお》に掛けてある。化粧も鬘も終わっているので、あとは着付けるだけだ。

蓮治は立ち上がり、長襦袢姿《ながじゅばんすがた》で紬の前に立った。匂い立つようなその色気と美しさに、脳内のファン紬が色めき立つ。

（人として一番無防備なこの格好ですら、今まさに天上から舞い降りたような神々しさ……！　私が芸術家なら今すぐ彫刻を彫って、必ず後の世に伝えるよう遺言の一つも遺してたわ！）

一通り滾《たぎ》った後は、すぐに表情を引き締めて職業婦人紬の出番だ。推しの肉体美に目もくれず、着付けの過程で抱きつくような格好になっても眉ひとつ動かさない。衣装係の矜持の高さに比例した鉄の精神力である。

さっきまでとは入れ替わりで、今度は宗二郎がこちらを見ながら、半ば呆れ混じりのような感嘆の声を上げた。

「君って本当によくわからない人だね。兄さんの贔屓筋なのにそういうのは平気な顔してこなせるんだ？」

「衣装係を馬鹿にしないでもらいたいわ。推しの胸筋が目の前にあるぐらいで気が散じるような人間に、この仕事が務まるもんですか」

大体、と紬は憤慨する。

「自分の欲に負けて、推しを一等輝かせることを第一に考えられない人間が、果たして本当に贔屓筋だと言えるかしら？」

「……そういうもの？　僕の贔屓筋の中には、僕が何度やめてって言っても、行く先々にまで押しかけてくる人たちがいるんだけど」

紬は鼻息を、ふん、と強く噴き出した。

「愛情表現の仕方は人それぞれだから、それ自体は私も否定しませんとも。ただひとつ言えるのは、私は自分の一番大切な人が嫌がることを、自分の欲望を優先してやってしまうような人間ではありたくないってことよ。今までも、そしてこれからもね」

噴き出した鼻息が勢い余って蓮治の剥き出しの胸もとに直撃した気がするが、とりあえずそれは無視して紬は言い切った。

頭の上から、喉の奥で笑う声が降ってくる。

「どうして笑うんですか」

「いや。――流石は俺の伴侶だと思ってな」

蓮治は少し身を屈め、紬の耳もとで囁くようにそう告げてくる。

危うく脳内で職業婦人紬が気絶し、ファン紬が身悶えしながら転がり出てきそうになったので、紬は慌てて上体を引いた。

「別に、人として当然のことですから！」

「それを当然と思える時点で、って話だよ」

憂鬱そうな声を挟んできたのは宗二郎だ。

卓に頬杖をつき、悩ましげに嘆息する。

「いいなぁ、兄さんは……」

「羨ましいだろう。好きなだけ羨んでいいぞ」

蓮治は誇らしげに胸を反らし、宗二郎は恨めしげに口をへの字にする。

と——そこへ、暖簾の向こうから楽屋に入ってくる人影があった。

「紬ー！　香盤表の差し替え、何とか全部間に合ったぜ」

手に様々な資料の紙束を抱えて現れたのは千春だ。

紬はほっとして彼のほうを振り向く。

「よかった。これで配役変更に伴う懸案事項は一通り何とかなったわね。ありがとう、千春くん」

一週間前の時点で、既にもともとの配役は大々的に周知済みだったのだ。だから代役を立てる件は、切符を購入した観客にも、出資元にも報道にも、ありとあらゆる場所に迅速に報せなければならなかった。降板した二番手俳優目当てで切符を買った観客も当然多数存在するから、配役変更による切符の払い戻しを希望する観客への対応も必要だったのである。

主要な配役は既に帝都中の至る所に貼り出されたり、印刷物が配られたりしていたので、それを代役のものに修正したり差し替えたりという作業も、この一週間の間に緊急で行われた業務のひとつだった。

ちなみに千春は蓮治からの個人的な給金――という名の援助――によって、妹を近々大きな療養施設へ移すことができる見込みだそうだ。そこでは今までよりも適切な治療を集中して受けられることもあり、格段に早く良くなるだろうということである。以前の千春が漂わせていた、どこか治安の悪そうな雰囲気は、それもあってか今はすっかり鳴りを潜めている。

千春はうきうきとした様子で、あと、と付け足してきた。

「ばあちゃんも観に来てくれるってさ」

「え？　本当に!?」

「ああ」

紬は思わず着付けの手を止めてしまった。

千春の言う『ばあちゃん』とは言わずもがな、あの大雪の日に紬たちを助けてくれた老婆だ。

紬は目を輝かせて蓮治を見上げる。

「蓮治さん！　おばあちゃん、公演を観てくれるんですって！」

「そうか。よかったな」

「でもおばあちゃん、道中大丈夫かしら？」

喜びも束の間、紬の表情がすぐに曇る。あの村からはるばる帝都まで、年老いた身で一人で出てくるのは大変な道程だろう。

　すると千春が得意げに答える。

「それが、ばあちゃんのお孫さんたちが迎えに行ってくれて、帝都まで一緒に帰ってくるんだって。ばあちゃん、これからは帝都に住むってさ」

「――え？」

「ほら、ばあちゃんもともと帝都の出身だって言ってただろ？」

　目を瞬かせる紬に、千春は続ける。

「もともとあの村出身の旦那さんが亡くなった時に、ばあちゃんの息子さんが、いい機会だからってんでばあちゃんを帝都に呼び戻して同居しようとしてたんだって。ばあちゃんにもあっちでの交友関係とか色々あるだろうけど、やっぱり近い身内もいない雪国にこの先も一人で長く住むのは身体にも負担だろうからって。だけどその息子さんってのが、仕事一筋であんまり家庭を顧みなかったからって、奥さんが同居を嫌がったらしいんだよ。どうせ嫁のあたしに介護を押し付けるつもりでしょ、みたいな感じで。勿論旦那さんのほうにはそんなつもりは全然なかったらしいけど――ってか聞いてる感じだと、ほとんど奥さんの言いがかりっぽかったけど、同居の話はそれっきり流れてたみたいなんだよな」

　ふと――紬の脳裏に何か引っ掛かるものがあった。

　何だか少し前に、ものすごく近いところで似たような話を聞いた気がする。

　気のせいかもしれないが――夫が義母と同居させようとしてくる、という愚痴を、ものすごく何度も聞いたような。

「……それで？」

「そんで今回もばあちゃんは息子の奥さんに反対されるだろうからってんで、帝都に来るのを一度は諦めようとしたんだけど、なんかその奥さんの態度が急に変わったらしいんだよ。かつてない猫撫で声で、『今までのことは全部水に流して、これからは一緒に暮らしましょう、お義母様』なんて言われて気味悪かったたって」

急に話の風向きが変わって、紬は首を傾げる。

「そうなの？　何か事情でもあったのかしら？」

「さあ？　まあ、息子の奥さんが何か企んでんだとしても、お孫さんたちはばあちゃんの味方らしいから、何とかなると思うってばあちゃん言ってたけど」

すると、それまで黙って話を聞いていた蓮治が不意に口を挟んだ。

「ひょっとしたら、誰かから脅されでもしたのかもな。弱味を握られたとか」

「その息子の奥さんがっすか？　弱みって、例えばどんな？」

怪訝そうな千春に、蓮治は口の端を吊り上げて笑った。

それはどう見ても、企てが成功した美しい悪魔の勝ち誇った笑顔そのものだった。

「例えば――近所に住む若い女をねちねちいびっていた事実を、誰かから旦那にばらされそうになったとか」

「は？」

「いや、旦那どころか旦那の仕事の繋がり全部と、旦那のほうの親戚全員にまで悪事をばらすって脅されたのかもな。誰かに」

「……いやに具体的っすね」

「そうか？　よくある話だろ」

蓮治は飄々と答え、それきり口を閉ざしてしまう。

そんな彼に着付けをしながら——紬は内心、もしやと思っていた。

（……いやいやいや、流石にないわよ。まさかそんな世間が狭すぎる話は——、……ないわよね？）

その息子の嫁という人の姓を聞きさえすればすっきりと判明する話だが、紬は何だか恐ろしくて確認できなかった。もし紬の考えが的中しているのだとしたら——その息子の嫁を脅したのは、他ならない蓮治だからだ。

いびられていた紬を守り、豪雪の中で助けてくれた恩人の未来を守った上で、適切な仕返しまでしてくれるなんて。

そんなこと、普通ならばあり得ないと一蹴するところだが、こと蓮治となると話はまったく変わってくる。

紬がまじまじと見つめる視線に気づいたのだろう、蓮治はその青い瞳を紬に向けた。

紬の考えを完全に肯定するかのような力強さで。

「何か言いたいことがありそうだな」

確信を持って問われて、紬は慌ててぶんぶんと首を横に振る。

「訊きたいことは山ほどありますけど、それよりも今は初日の舞台です。おばあちゃんが観に来てくれる日はまだ先なんですから、まずは今日を成功させないとでしょ？」

早口で告げて、紬は最後の飾りを付け終える。

「――はい、完成です！」

何かを言おうとする蓮治の言葉を遮るようにして、紬は蓮治の両腕を後ろから摑み、鏡の前に立たせた。

宗二郎が立ち上がり、蓮治の隣に立つ。

頭から爪先まで本番仕様の姿になった二人は、並ぶとまた圧倒的な美しさと存在感だ。もし紬の脳内が今職業婦人のほうでなかったら、あまりの神々しさに耐えられず蒸発して消えてしまっていたかもしれない。

蓮治と宗二郎は、鏡越しに視線を交わし合う。それは対面して直接目を合わせるよりも、何だか特別なもののように、紬には思えた。

「……兄さんと手を取り合うのは、この公演が千秋楽を迎えるまでだよ。被らせてしまった損害の分を償い終わったら、僕は自分の道に戻る。兄さんとは違う道だ」

蓮治は鏡越しに宗二郎の目をじっと見つめ、黙っている。弟の言葉を一言も聞き漏らすまいとするかのように。

宗二郎は笑みを浮かべた。

「その先はまた、お互いの道を進むんだ。――今度こそ、僕も、僕自身の意志で」

それはやはり、蓮治とはまったく似ていない、絵画の中の慈愛に満ちた天使のような笑顔だった。

「もう、兄さんの背中は追わないよ」

その笑顔に呼応するように、蓮治も笑みを浮かべる。

やはり口の端を吊り上げるような、いつものあの笑みを。

「そうか。そりゃ――」

「せいせいするでしょ？」

宗二郎の軽口に、蓮治は答える。

「いや。……寂しくなるな」

二人は今度は鏡越しにではなく、隣同士で直に目を見合わせ、そして笑った。

――新帝國劇場には、今日も輝く夢が花開いている。

それはきっと明日も、明後日も、――道の続く限りずっと。

了

本作は書き下ろしです。
本作品はフィクションです。実際の人物や団体、地域とは一切関係ありません。

TO文庫

お衣装係の推し事浪漫
～舞台裏の兄弟騒動～

2024年6月1日　第1刷発行

著　者　沙川りさ
発行者　本田武市
発行所　TOブックス
〒150-0002 東京都渋谷区渋谷三丁目1番1号
ＰＭＯ渋谷Ⅱ　11階
電話 0120-933-772(営業フリーダイヤル)
FAX 050-3156-0508

フォーマットデザイン　金澤浩二
本文データ製作　TOブックスデザイン室
印刷・製本　中央精版印刷株式会社

Printed in Japan ISBN978-4-86794-197-3